W0319075

MEERESLEUCHTEN
100 GEDICHTE AUS SCHLESWIG-HOLSTEIN

AUSGEWÄHLT UND HERAUSGEGEBEN
VON HEINRICH DETERING

MEERES LEUCHTEN

100 Gedichte aus Schleswig-Holstein

Ausgewählt und herausgegeben
von Heinrich Detering

Wachholtz

VORWORT

Als der Wiener Literaturkritiker Emil Kuh (1828–1876) die Lebens- und Werkgeschichte seines Freundes Friedrich Hebbel erzählen wollte, musste er mit einem ausgiebigen Blick auf dessen Herkunft beginnen. Weit entfernt und wildfremd musste in Wien dieses Land Dithmarschen erscheinen, an der Nordsee, im Westen von Schleswig-Holstein – dort also, wo auf den Landkarten (jedenfalls denen der k.u.k. Welt) nur noch die Monstren und die Löwen wohnten. Und genau darum erscheint bei ihm Schleswig-Holstein als ein Land der Dichtung: als das Land Storms und Klaus Groths und jenes Friedrich Hebbel, der hier zuerst nicht als der große Dramatiker eingeführt wird, sondern als Poet der Tiere, der Landschaften und der kleinen Leute.

Man muss nicht in Wien leben, um Schleswig-Holstein so zu erfahren: das Land zwischen den Meeren, zwischen den Ländern und Sprachen, zwischen den Zeiten. Man kann es auch lesend kennenlernen, am besten in der vielsprachigen Poesie, die hier seit der Barockzeit entstanden ist. Keine Eigenschaft der schleswig-holsteinischen Landschaften hebt Emil Kuh so nachdrücklich hervor wie den Unterschied zwischen den Küsten im Westen und denen im Osten, getrennt durch den kargen Geestrücken. Auch in der Poesie prägt sie sich aus. Die herbe, melancholische, manchmal wilde Westküste lebt in Gedichten wie Hebbels *Meeresleuchten*, in Storms *Meeresstrand* und *Die Stadt* sowie in Liliencrons *Was willst du hier?*; die Ostküste mit ihren lieblichen Förden und Buchten in Oden wie Klopstocks *Mein Wäldchen*, angesiedelt in Eckhof zwischen Kiel und Schilksee, in Staffeldts *Blumen* oder Overbecks *An den Mai*. Bis in die Gegenwart lebt dieser Gegensatz fort, wenn Sarah Kirsch im winzigen Tielenhemme, am dithmarsischen Ufer der Eider, ihr Land bestellt wie ein weiblicher *Crusoe*, Hans-Jürgen Heise unter dem hohen Himmel *An der Kieler Förde* spaziert und Doris Runge im ostholsteinischen Kloster Cismar *die mönche von c.* aus der mittelalterlichen Zeitentiefe heraufbeschwört.

Über lange Zeit erscheint das Land, das in der Moderne Schleswig-Holstein heißt, in der Geschichtsschreibung gar nicht unter diesem Doppelnamen. Dann ist die Rede von »den Herzogtümern«, von

Holstein und von Schleswig (und später von Lauenburg und der Hansestadt Lübeck). Und nicht nur die politischen Herrschaftsverhältnisse wechseln, sondern mit ihnen auch die Sprachen und Kulturen. Diese Umbrüche bringen nicht nur die grausamen Kriege mit sich, von denen das Geschichtsbuch erzählt, sondern auch die leisen und manchmal zauberischen Vermischungen, die in der Poesie für immer aufbewahrt sind. Als Hofmann im Kieler Schloss, fern von Kopenhagen, begründet der deutsch geborene, dänisch schreibende Melancholiker Adolf von Schack-Staffeldt die dänische Romantik. Zwischen Flensburg und Föhr, Lübeck und Breitenburg findet der reisefreudige Hans Christian Andersen Zufluchtsorte, die ihm als Teil seiner Heimat erscheinen. Seite an Seite, und ohne voneinander zu wissen, dichten Anna Ovena Hoyers auf Eiderstedt, Anders Arrebo auf Æerø, Hans Adolph Brorson in Tondern und Johann Rist in Wedel anmutig barocke Verse in deutscher und dänischer Sprache, für deutsche und dänische und nicht selten sprachlich gemischte Lese-Gemeinden. In Altona dichtet Klopstock als Prophet der Empfindsamkeit mit königlich-dänischer Unterstützung deutsche Verse, von Flensburg aus wandert Emmy Ball-Hennings in Gegenrichtung ins jütländische Hügelland. Der zeitgenössische Dichter Peter Laugesen meditiert über den friesisch-deutschen Maler Emil Nolde, während Günter Grass aus Danzig *Unterwegs im November* durch das alte Herzogtum Lauenburg wandert.

Die wechselnden Landschaften, vom stürmischen Marschland an der Nordsee bis ins buchtenreiche Hügelland an der Ostsee und von der jütländischen Heide bis an die Ufer der Elbe, haben hier der Dichtung seit Jahrhunderten ebenso viele Sujets gegeben wie das Neben-, Gegen- und Miteinander unterschiedlicher Sprachen und Kulturen. Denn in seinen wechselnden historischen Grenzen ist das Land zwischen den Meeren immer auch ein Land einer Sprachenvielfalt gewesen, die noch der tiefsten Abgeschiedenheit eine Ahnung von europäischer Weite gegeben hat. Denn nicht nur auf Hochdeutsch und in Reichsdänisch wurde und wird hier geschrieben. Mit Klaus Groth gewinnt auch das Niederdeutsche Rang und Ruhm einer Literatursprache; mit den nationalen Spannungen gewinnt auch das Sønderjysk an Selbstbewusstsein, und schließlich meldet sich das Friesische in seinen unterschiedlichen Varianten poetisch zu Wort. Vergebens hat rigorose Sprachpolitik im Namen unterschiedlicher nationaler Vorherrschaften diese wunderbare Polyphonie zu vereinheitlichen versucht; immer wieder haben sich die Sprachgruppen, Sprechweisen und Sprachmischungen durchgesetzt gegen politische Bevormundung.

Von den *Vignetten für dänische Dichter*, mit denen Hans Christian Andersen seinen poetischen Mitstreitern einen Ehrenkranz winden wollte, verbrachten einige hier zumindest einen wesentlichen Teil ihres Lebens – der Barockdichter Anders Arrebo, der seine Herkunft von der schleswigschen Insel Ærø schon im Namen trägt (»Ærø-Bewohner«), ebenso wie der übermütige Aufklärer Jens Baggesen, der in Kiel seine letzte Ruhestätte fand.

Weil eine Landschaft zwischen den Meeren, also auch zwischen den Häfen, auch in der provinziellsten Enge einem sehr weiten Horizont geöffnet ist, führen die poetischen Wege immer wieder weit fort: Den empfindsamen Friedrich Stolberg führen sie ins antikisch verklärte Göttingen des Sturm und Drang, den modernen Liliencron in eine *Große Stadt* im fernen Amerika, die New York sein dürfte, und der junge Wilhelm Lehmann findet ein Vorbild seiner Naturdichtung im norwegischen Romantiker Henrik Wergeland. Und immer wieder, von Arrebos barockem Schöpfungslob bis zu Günter Kunerts in Itzehoe formulierten apokalyptischen Aussichten, kommt über einzelne Orte und Landschaften hinaus gleich die Erde selbst in den Blick: der schöne und gefährdete Heimatplanet.

Oft finden sich idyllische Szenerien in der schleswig-holsteinischen Poesie, von Johann Rists, des von den Zeitgenossen bewunderten »cymbrischen Daphnis«, *Hirtenlied* bis zu Matthias Claudius' *Abendlied* über den aufgehenden Mond bis zu Storms *Meeresstrand* und Anna Ludvigsens *Schwalben-Paar*. »Kein Laut der aufgeregten Welt«, heißt es in einem hier nicht aufgenommenen Gedicht Storms, »Drang noch in diese Einsamkeit«. Doch diese Verse entsprangen eskapistischer Sehnsucht, nicht der geschichtlichen Erfahrung; am allerwenigsten derjenigen Storms selbst. Nicht erst aus Jens Emil Mungards *Schutzhaftperspektive* sieht dieselbe Welt, die eben noch in der Zeitlosigkeit von Storms Vers »So war es immer schon« zu schweben schien, sehr anders aus.

Das Grenzland, das Schleswig-Holstein jahrhundertelang gewesen ist, war auch Kriegsschauplatz, im Widerstreit der wechselnden

Herrschaften und Nationalismen. Zuweilen hat die Poesie sich zum Sprachrohr der jeweiligen Parteien gemacht und Worte wie Waffen gebraucht. Aber immer wieder ist sie auch der Ort gewesen, an dem Kriegsmüdigkeit und Trauer in Worte gebracht wurden. Im nordschleswigschen oder, je nach Standpunkt, südjütländischen Norden bringt Herman Bang das Grauen der preußisch-dänischen Kriege in ähnlich karge Worte wie Hansigne Lorenzen die Trauer der südjütischen Dänen, die im Ersten Weltkrieg im deutschen Kriegsdienst gefallen sind; und nur wenige Meilen weiter südlich beklagt Wilhelm Lehmann mit dem toten Dichterfreund Oskar Loerke die Opfer des Zweiten Weltkriegs und des Faschismus. Gegen die heraufziehende Judenfeindschaft preist Richard Blunck in Neumünster die schillernde Gestalt der Else Lasker-Schüler als Poetin und Prophetin, eine alttestamentarische Ruth in einer bedrückenden deutschen Gegenwart.

Aus dieser Überfülle von Dichtungen aus mehr als vier Jahrhunderten eine Auswahl von nur einhundert Texten zu treffen, ist eine ebenso verlockende wie unmögliche Aufgabe. Der Herausgeber war angesichts dieser eng gesteckten Grenzen vor allem darauf bedacht, exemplarisch etwas von der Vielfalt der Töne und Genres zu Wort kommen zu lassen, in der Vielfalt der Sprachen und Kulturen. Hörbar werden sollte dabei auch das, was nicht auf die spezifischen Bedingungen dieses Landes, seiner Geschichte und Landschaften bezogen ist – erotische Sujets, Lebensfeier und Sterbensmüdigkeit, die menschlichen Makel und der Trost des Glaubens, der Gang der Jahreszeiten und die Freuden der Freundschaft. Dabei sollte Bekanntes und Vertrautes wie Storms *Die Stadt* oder Groths *Min Jehann* ebenso zu Wort kommen wie zu lange verschüttete und neu zu entdeckende Poesie.

Gut ein Drittel der hier ausgewählten Gedichte findet sich auch in der von Peter Nicolaisen in der von Heinrich Detering konzipierten Reihe *Landessprachen* herausgegebenen Anthologie *Stimmenvielfalt*; alle übrigen sind neu hinzugekommen. Jedes von ihnen ist ein Wegweiser nicht nur durch das weite Land zwischen den Meeren, den Sprachen und Zeiten, sondern auch in die weitläufigen Gefilde seiner großen und unerschöpflich reichen Poesie.

ANNA OVENA HOYERS

AUF, AUF, ZION

Auf, auf, Zion,
Und schmück dich schön,
Singe das Hosianna!
Fröhlich psalier,
Es singt mit dir
Hanns Ovens Tochter Anna.

Nun kommt das Lamm
Aus Davids Stamm.
Singe das Hosianna!
Will trösten dich,
Des freuet sich
Hanns Ovens Tochter Anna.

Nah ist die Zeit
Der Herrlichkeit,
Singe das Hosianna!
An diesem Heil
Hat mit dir teil
Hanns Ovens Tochter Anna.

Auf, auf, Jungfrau'n,
Geht auszuschau'n,
Singet das Hosianna!
Der Bräut'gam kümmt,
Ihre Saiten stimmt
Hanns Ovens Tochter Anna.

O ihr Jüngling',
Seid guter Ding',
Singet das Hosianna!
Ihr Alten mit,
Weil euch drum bitt
Hanns Ovens Tochter Anna.

Von Herzens Grund
Aus vollem Mund
Singet das Hosianna,
Beid' Arm und Reich!
Es singt mit euch
Hanns Ovens Tochter Anna.

Es freue sich
Und sei willig
Zu singen das Hosianna,
Was lebt auf Erd,
Denn das begehrt
Hanns Ovens Tochter Anna.

Nehmet die Laut',
Erfreut die Braut,
Singet das Hosianna!
Ihr' Traurigkeit
Setzt weit beiseit
Hanns Ovens Tochter Anna.

Psalier: »singe Psalmen!«

Alles Unglück
Weicht nun zurück,
Singet das Hosianna!
Der Fried floriert,
Fröhlich psaliert
Hanns Ovens Tochter Anna.

Halleluja,
Die Hilf' ist nah,
Singet das Hosianna!
Fröhlich im Herrn
Ist immer gern
Hanns Ovens Tochter Anna.

O scheinend' Sonn'
Voll Freud und Wonn',
Singe das Hosianna!
An diesem Tag
Führt nicht mehr Klag
Hanns Ovens Tochter Anna.

Ihr mein drei Söhn',
Macht laut Getön,
Singet das Hosianna!
Ihr Töchter beid'
Auch fröhlich seid
Mit eurer Mutter Anna.

Jesu des Herrn
Lob zu vermehrn,
Singet das Hosianna!
Auf Saitenspiel
Macht Freuden viel
Mit eurer Mutter Anna.

Eu'r Herz bewegt,
Eu'r Lippen regt,
Singet das Hosianna!
Fröhlich psaliert
Und intoniert
Mit eurer Mutter Anna.

Rühmet den Herrn
Stets nah und fern,
Singet das Hosianna!
In Fröhlichkeit
Sein Lob ausbreit
Hanns Ovens Tochter Anna.

Sie musiziert,
Sie jubiliert,
Sie singt das Hosianna.
Den Herrn erhebt,
Solang sie lebt,
Hanns Ovens Tochter Anna.

ANNA OVENA HOYERS

WEINET NICHT

Weinet nicht, sondern harret der Hülf' des Herrn,
Seid nicht wankelmütig.
Glaubet, geduldet, betet immer; Gott hilft gern,
Ist barmherzig, gnädig, gütig.

Nimm's Kreuz auf, folg allzeit Christo nach,
Lass dich im guten Lauf nicht hindern weltlich Sach'.
Hilf mein Kreuz tragen, Christe, mein Herr,
Mit dir will ich's wagen, so wird mir's nicht zu schwer.

Wenn Gott will, so wird's gut werden,
Bitt, dass Sein Will gescheh' auf Erden.

ANDERS ARREBO

DIE ERDE

Gruß, große Mutter, dir, Gruß dir, du milde Amme,
Die lebenslang mich trug als Reis von ihrem Stamme.
Mich nährte deine Brust, mich kleiden Woll' und Leinen,
Du willst als Augen-Lust im Garten mir erscheinen:
Gruß dir, des Reichen Schatz, dir wahrem Wunder-Schrein,
Der Schrank und Kisten füllt, ganz ohne Wechselschein,
Der alle Speicher voll belädt und doch nicht arm wird
Und der uns so versorgt, dass Herd und Ofen warm wird:
Gruß, Apotheke, dir, die Kräuter gibt und Säfte
Und Wurzeln mannigfach, uns allen neue Kräfte:
Gruß dir, du Himmelsbraut, dir, Freude aller Tiere,
Dir, gute Schwester, die nächst Gott mein schönste Ziere.
Gott möge dich mit Tau des Himmels reich begießen,
Du sollst von Früchten voll zur Ernte überfließen.
Dir soll von Sonn' und Mond und der Planeten Scharen,
Von Regen, Frost und Tau nur Ehre widerfahren.
Dich soll das weite Meer in seinen Armen tragen,
Nicht Wetter, Wind noch Luft soll dir zu schaden wagen.
Wenn aber Wasser, Luft und Feuer mich verlassen,
Dann soll dein Mutterschoß mich abermals umfassen,
Bis mein Erlöser mich aufnimmt in sein Verzeihen
Und dich und alle Welt vom Übel wird befreien.

JOHANN RIST

DAPHNIS' BEKÜMMERTE LIEBES-GEDANKEN, ALS ER BEI SEINER GALATHÉ NICHT SEIN KONNTE

Daphnis ging vor wenig Tagen
Über die begrünte Heid.
Heimlich fing er an zu klagen
Bei sich selbst sein schweres Leid,
Sang aus hochbetrübtem Herzen
Von den bittern Liebes-Schmerzen:
»Ach, dass ich dich nicht mehr seh
Allerschönste Galathé!«

Ist mir recht, das sind die Spitzen
Die ich an den Bäumen schau,
Hinter welchen pflegt zu sitzen
Galathé bei der Au,
Als sie zwinget meine Sinnen:
O du Preis der Schäferinnen,
»Weh mir, dass ich nicht mehr seh
Allerschönste Galathé!«

Könnt' ich in den Lüften fliegen
Wie ein schnelles Vögelein,
Ach wie wollt ich dich betrügen:
Bald, bald wollt ich bei dir sein
Und dir tausend Schmätzlein geben.
Das wär' mein erwünschtes Leben!
Nun ist mir von Herzen weh,
Allerschönste Galathé.

Möcht ich bei der Sonnen stehen
Bei dem güldnen Himmelslicht,
O wie fleißig wollt ich sehen
Auf dein freundlich's Angesicht,
Tausend Strahlen wollt' ich schießen,
Deiner Äuglein zu genießen!
Nun ist mir von Herzen weh,
Allerschönste Galathé!

Kan ich denn nicht zu dir kommen,
Der ich dir so nah jetzt bin?
Ist mir schon der Weg benommen,
Ei, so nimm die Seufzer hin,
Die ich dir von Herzen sende,
Bis das Glück sich wied'rum wende
Und ich dich mit Freuden seh,
Allerschönste Galathé!

Drum, ihr Winde, sollt ihr bringen
Meine Klag und Seufzen zu.
Selber kann ich nicht mehr singen,
Denn mein Herz ist sonder Ruh'.
Ach, ich Armer hab ersehen
Ihr Gezelt von ferne stehen –
Nun ist mir von Herzen weh,
Allerschönste Galathé!

→

O ihr Vöglein, die ihr wendet
Euren Flug an ihren Ort,
Sagt, ich hab euch hergesendet,
Dass ihr mit euch nehmet fort
Die getreuen Liebestränen,
Die sich stündlich nach dir sehnen,
Bis ich dich mit Freuden seh,
Allerschönste Galathé.

Galathée, du mein Leben,
Nimm die Wind' und Vöglein auf,
Die sich dir zu Dienst ergeben
Mit so schnellem Flug und Lauff!
Und weil ich dich nicht kann schauen,
Wollest du dem Boten trauen,
Bis ich selbst dich wiederseh,
Allerschönste Galathé!

JOHANN RIST

HIRTENLIED

Spielet auf und lasst uns singen,
Wie die kalte Zeit einbricht,
Die zwar alles kann bezwingen,
Nur verliebte Seelen nicht;
Luft und Wasser, See und Erden
Stehen gleich dem harten Stahl,
Auch das Feld muss Eisen werden
Und die Wiesen allzumal,
Nur bei treuer Lieb' allein
Will das Feu'r erhalten sein.

Kann der Winter alles zähmen,
Kann er töten Laub und Gras,
Kann er schon die Frücht' uns nehmen,
Kann er zwingen alles Nass:
Ei, so muss er doch mit Schanden
Von den Herzen ziehen ab,
Die mit festen Liebesbanden
Sind verknüpfet bis ins Grab:
Es will treue Lieb' allein
Bis ans Ende standhaft sein.

Ist ein Schäfer, der nicht liebet?
Solcher ist von schlechter Art,
Wo er nicht die Sinnen übet
Und im Herzen die bewahrt,
Die er ihm allein erkoren
Vor sein auserwähltes Gut:
Ei, so hat er gar verloren
Witz und Kühnheit, Herz und Mut;
Doch will treue Lieb' allein
Steif und fest erhalten sein.

Will man hohe Geister kennen,
Klug von Worten, groß von Tat,
Lieber, lass dir einen nennen,
Der mit Ernst geliebet hat.
Das sind ja geringe Seelen,
Blöde Schäfer, sehr verzagt,
Die kein eignes Herz erwählen
Und das Lieben nie gewagt.
Doch will treue Lieb' allein
Bis ins Grab erhalten sein.

Daphnis hat sich recht besonnen,
Dass er seine Galathée
In den Feldern liebgewonnen,
Eh' der Sonnentrank, der Schnee,
Aus den Wiesen uns getrieben;
Ach, was ist es wohlgetan,
In dem Sommer so zu lieben,
Dass man es genießen kann,
Wenn der Winter lässt allein
Zwei verliebte Herzen sein.

Spielet auf, ihr Hirtenknaben,
Eh der Tag wird hingerafft;
Daphnis will nun bald vergraben
Galathéens Jungfrauschaft;
Lasset die Schalmei erschallen,
Eh die Sonn' ins Wasser geht,
Galathéen zu gefallen,
Die in Daphnis' Armen steht.
Galathéé soll allein
Daphnis' Allerliebste sein.

PAUL FLEMING

ER REDET DIE STADT MOSKAU AN, ALS ER IHRE VERGÜLDETEN TÜRME VON FERNE SAH

Du edle Kaiserin der Städte der Ruthenen,
Groß, herrlich, schöne, reich: seh' ich auf dich dorthin,
Auf dein vergüldtes Haupt, so kömmt mir in den Sinn
Was Güldners noch als Gold, nach dem ich mich muss sehnen.
Es ist das hohe Haar der schönen Basilenen,
Durch welcher Trefflichkeit ich eingenommen bin.
Sie, ganz ich, Sie mein All, Sie meine Herrscherin
Hat bei mir allen Preis der Schönsten unter Schönen.
Ich rühme billig dich, du Haupt-Stadt deiner Welt,
Weil deiner Göttlichkeit hier nichts die Waage hält
Und du der Auszug bist von Tausenden der Reussen.
Mehr aber rühm' ich dich, weil, was dich himmlisch preist,
Mich an ein göttlichs Mensch bei dir gedenken heißt,
In welcher alles ist, was trefflich wird geheißen.

Ruthenen, Reussen: Russen. • Basilene: Anagramm für die umworbene Elsabe Ni(ehusen) in Riga. • billig: in angemessener Weise, zurecht.

ANDERS BORDING

DE OSCULO

Galathéa streng und wild,
So muss ich dich nennen.
Ursach ist dein süßes Bild
Für mein Liebesbrennen.
Ursach bist du meiner Not
Und, wer weiß, für meinen Tod:
Ich wird sterben müssen,
Darf ich dich nicht küssen.

Küssen ist das beste Werk,
Das ich weiß und kenne,
Gibt mir neue Seelenstärk',
Wenn ich heiß entbrenne.
Darum lass geschehen, dass
Ich dich küss ohn' Unterlass:
Süßer find *den* Lohn ich
Als den feinsten Honig.

Wohl ist süß mir's und gesund,
Küsst die liebste Phyllis
Mich mit ihrem roten Mund,
Oder Amaryllis.
Doch wenn Galathéa zart
Küsse gibt auf ihre Art,
Muss vor diesen Zeichen
Wein und Nektar weichen.

De osculo (lat.): Über den Kuss.

Hebe einst mit Küssen schön
Jupiter wohl rührte,
Bis er von den Bergeshöhn
Ganymed entführte.
Hätte Jupiter gewusst,
Welche Freude ihm und Lust
Galathée könnt' schenken:
Ganymed würd's kränken.

Galathée, dein Rosenmund
Lindert meine Qualen.
Küss mich, und ich werd' zur Stund
Küssend dich bezahlen!
Tausend Küsse, tausend mehr
Geb ich, o du Schönste, her,
Deinem Mund zu frommen –
Lass dich nicht entkommen.

Willst du, schönste Galathée,
Dennoch von mir weichen,
Nimm den Kuss, mir wird so weh,
Als ein Abschiedszeichen.
Sieh mich liebevollen Tor:
Meine Freiheit ich verlor
Und doch nie vermisste,
Seit ich erst dich küsste.

JOACHIM BECCAU

IN KRIEGES-ZEITEN

Gerechter Gott! wie lange zürnest du?
Wie lange soll dein Eifer auf mich schlagen?
Vergönne doch einst deinem Volke Ruh,
Das deinen Grimm unmöglich kann ertragen!
Du fällst zu hart, wir sind nur Fleisch und Blut,
Drum hemme doch der schweren Strafen Wut!

Du gießest ganz des Zornes Schalen aus
Und züchtigst uns mit wohlverdienten Strafen.
Du legst und gar in Asche, Staub und Graus,
Verfahre nicht so hart mit deinen Schafen.
Halt ein, o Gott! gerechter Gott! halt ein!
Sonst müssen wir durchaus verloren sein.

Es frisst das Schwert dein Volk, das du verlässt,
Der Nachbarn Blut spritzt bis an unsre Grenze.
Dein Zion wird zu einem Räubernest,
Wer kann als du den harten Riss ergänzen?
Erretter! tritt doch selber vor den Riss,
Und sei der Wut selbst eine Hindernis!

Aus Norden blitzt ein feuriger Komet,
Ein starker Löw droht uns mit seinen Klauen.
Was Wunder, dass uns aller Mut entgeht,
Da wir von fern des Höchsten Ruhe schauen!
O Hirt! erbarm dich deiner Schafe doch,
Du warst gelind, ach! sei es jetzo noch!

»fällst«: fällst ein Urteil, urteilst. • »Graus«: Schutt, Trümmer. • »durchaus«: ganz und gar. • »Dein Zion«: dein Tempelberg. • »Aus Norden« hier: aus Schweden.

HANS ADOLPH BRORSON

AUF, ALLE DING

Auf, alle Ding, die Gott gemacht,
Sein' Herrlichkeit zu preisen!
Das kleinste Werk, das er vollbracht,
Kann seine Macht beweisen.

Ja hielten alle Fürsten Rat,
Die sich hier mächtig schätzen,
Sie könnten nicht das kleinste Blatt
An eine Nessel setzen.

Das kleinste Gras in Wald und Flur
Kann mich zum Staunen bringen.
Wo fände ich die Weisheit nur,
Davon auch recht zu singen?

Was soll ich sagen, wenn ich schau,
Dass alle Wälder wimmeln,
Wie Vöglein schwingen sich ins Blau
Hoch unter Gottes Himmeln?

Was soll ich sagen, wenn mein Gang
Mich führt durch blüh'nde Weiden
Und mich umfängt der Vögel Sang
Wie tausend Harfensaiten?

Was soll ich sagen, wenn im Meer
Ich seh die tiefen Schlunde
Und stell mir vor das große Heer
Dort in dem dunklen Grunde?

Was soll ich sagen, wenn zur Nacht
Die Sternenheere blinken
Und jeder mir so freundlich lacht,
Will mich zum Himmel winken?

→

Was soll ich sagen, wenn hinauf
Zu Gott im Geist gefahren,
Ich kommen sehe dort zuhauf
Die milden Engelscharen?

Was soll ich sagen? Worte bloß,
Die allzu wenig sagen!
O Gott, dein' Weisheit ist so groß!
Verstummen muss mein Fragen.

Auf, alle Völker fern und nah!
Im Freudenchor zusammen
Singt: Gott ist groß, halleluja!
Der Himmel sage »Amen«!

FRIEDRICH GOTTLIEB KLOPSTOCK

SIE, UND NICHT WIR

Hätt ich hundert Stimmen; ich feierte Galliens Freiheit
Nicht mit erreichendem Ton, sänge die göttliche schwach.
Was vollbringet sie nicht! So gar das grässlichste aller
Ungeheuer, der Krieg, wird an die Kette gelegt!
Hat drei Rachen; der Krieg hat tausend: und dennoch
Heulen sie alle durch dich, Göttin, am Fesselgeklirr.
Ach mein Vaterland! Viel sind der Schmerzen; doch lindert
Sie die heilende Zeit, und sie bluten nicht mehr.
Aber es ist Ein Schmerz, den sie nie mir lindert! und kehrte
Mir das Leben zurück; dennoch blutet' er fort!
Ach du warest es nicht, mein Vaterland, das der Freiheit
Gipfel erstieg, Beispiel strahlte den Völkern umher:
Frankreich war's! du labtest dich nicht an der frohsten der Ehren,
Brachest den heiligen Zweig dieser Unsterblichkeit nicht!
O ich weiß es, du fühlest, was dir nicht wurde; die Palme,
Aber die du nicht trägst, grünet so schön, wie sie ist,
Deinem kennenden Blick. Denn ihr gleicht, ihr gleichet die Palme,
Welche du dir brachst, als du die Religion
Reinigtest, sie, die entweiht Despoten hatten, von neuem
Weihtest, Despoten voll Sucht Seelen zu fesseln! voll Blut,
Welches sie strömen ließen, sobald der Beherrschte nicht glaubte,
Was ihr taumelnder Wahn ihm zu glauben gebot.
Wenn durch dich, mein Vaterland, der beschornen Despoten
Joch nicht zerbrach; so zerbrach das der gekrönten itzt nicht.
Könnt ein Trost mich trösten; er wäre, dass du voranginst
Auf der erhabenen Bahn! aber er tröstet mich nicht.
Denn du warest es nicht, das auch von dem Staube des Bürgers
Freiheit erhob, Beispiel strahlte den Völkern umher;
Denen nicht nur, die Europa gebar. An Amerikas Strömen
Flammt schon eigenes Licht, leuchtet den Völkern umher.
Hier auch winkte mir Trost, er war: In Amerika leuchten
Deutsche zugleich umher! aber er tröstete nicht.

Galliens Freiheit: die Französische Revolution 1789.

FRIEDRICH GOTTLIEB KLOPSTOCK

MEIN WÄLDCHEN

Eure Beschattung kühlt schon lang des lieben
Wäldchens Eichen, ich habe nicht die Wurzel
Dieser hohen Wipfel gesenkt, ihr wuchset
Früher als ich, seid

Jünglinge gleichwohl noch, erhebet höher
Einst die Häupter und streckt, wenn sich der Tag neigt,
Längre Schatten. Grünet denn, überlebt; ich
Neid' euch nicht, Eichen.

Will mit Gespielen euch, mit Tränenweiden,
Rings umpflanzen, dass einst, wenn nun die Sonne
Sinkt, in eurer Kühle, durchhaucht von Abend-
Lüften, ihr Laub sich

Leise bewege, dann der Liebling sage
Zu dem Mädchen: »Sie weint ja nicht, sie säuselt,
Lallt Musik; wie fabelte von der schönen
Weide der Vorfahr!«

Wenn von dem Sturm nicht mehr die Eich hier rauschet,
Keine Lispel mehr wehn von dieser Weide:
Dann sind Lieder noch, die von Herzen kamen,
Gingen zu Herzen. 1798

Auf Gut Eckhof bei Kiel hatte Graf Holk 1778 in einer symbolischen Geste den bürgerlichen Demokraten Klopstock »zum Herrn eines Wäldchens gemacht, das von ungefähr aus sechzig Eichen bestand. Einen kleinen Hügel, welcher darin lag, behielt er sich vor. In dem ersten war er mein Vasall; auf dem letzten war ich der seinige. Auf meinem Grunde und Boden (hatte er mich merken lassen) sollte einst ein Denkmal von mir stehn.« • »Lallt« hier: summt. • »fabelte«: erzählte im Märchenton. • »Keine Lispel«: kein Geflüster, kein leises Geräusch.

FRIEDRICH GOTTLIEB KLOPSTOCK

DIE FRÜHEN GRÄBER

Willkommen, o silberner Mond,
Schöner, stiller Gefährt der Nacht!
Du entfliehst? Eile nicht, bleib, Gedankenfreund!
Sehet, er bleibt, das Gewölk wallte nur hin.

Des Maies Erwachen ist nur
Schöner noch, wie die Sommernacht,
Wenn ihm Tau, hell wie Licht, aus der Locke träuft,
Und zu dem Hügel herauf rötlich er kömmt.

Ihr Edleren, ach es bewächst
Eure Male schon ernstes Moos!
O wie war glücklich ich, als ich noch mit euch
Sahe sich röten den Tag, schimmern die Nacht.

HEINRICH WILHELM GERSTENBERG

DAS SCHLAFENDE MÄDCHEN

Schlummre, schlummre sanft, o Schöne!
Stört sie nicht, der Nachtigallen Töne!
Sterblich ist sie nicht: ach nein!
Eine Göttin muss sie sein.

O ich will auf diesen Auen
Gleich ihr einen Altar bauen;
Weihrauch will ich auf ihn streun:
Ja! – sie kann nicht sterblich sein.

Aber wenn sie nun erwachet;
Freundlich diese Wange lachet –
Armes Herz! wie wird dir's gehn!
O wie schlummert sie so schön!

HEINRICH WILHELM GERSTENBERG

GÖTTERDÄMMERUNG

Sie sind gefallen, die Götter, gefallen!
Lasst's Erd und Himmel wiederhallen!
Sie sind gefallen! gefallen! gefallen!
Hrymur fuhr, auf sieben Donner-Wagen
Vom Aufgang heruntergetragen!
Da wälzte sich der Ozean!
Da wälzte Jormungandur in Blut
Mit schreckenvoller Wut
Sich auf der Wogen schäumender Bahn!
Der Adler tönt' und zerris die Leiche!
Und Naglfahr scheitert, das Gebäu der Eiche!
Woher der Untergang der Asen?
Wer hat die Alfen wie Spreu hinweggeblasen?
Vom Krachen heult die Riesenwelt!
Des Himmels Trümmer sind ein Waffenfeld!
Die Zwerge seufzen vor den Toren,
In zähneklappernde Schrecken verloren!
Das Sonnenschwert des Rächers blitzt
Auf Riesenweiber, die im Fliehn
Sich hinter einer Wolke Ruin
Vergebens, vergebens geschützt!
Da wankte, da erzitterte Hlin,
Und rang die Hände noch einmal!
Vergebens verletzt der Sohn des Odin
Das Ungeheuer mit triefendem Stahl!
Vergebens würgt auf seinem Riesengange
Der Helden-Same des Hlodin
Den Zwillingswolf, und die Midgardische Schlange!
Sie alle, die Götter, die Helden, sie alle
Sind hingegossen dem Falle
Furchtbar bellt aus dampfender Grotte
Mit weit geöffnetem Schlund
Hinter dem fallenden Gotte
Garm der Höllenhund!

Mit schwarzem Antlitz entsteigt die Sonne dem Dunkeln,
Und Sterne hören auf zu funkeln!
Da wüten Meere, flammende Berge wüten,
Wo ihre Fackeln glühten! –
In neue Gegenden entrückt
Schaut mein begeistertes Aug umher – erblickt
Den Abglanz höh'rer Gottheit, ihre Welt,
Und diese Himmel, ihr Gezelt!
Mein schwacher Geist, in Staub gebeugt,
Fasst ihre Wunder nicht, und schweigt.

Es handelt sich um den »Fünften Gesang« aus Gerstenbergs »Gedicht eines Skalden«; Überschrift vom Hg.

JOHANNE CHARLOTTE UNZER

MITTEL ZUM VERGNÜGEN

Schwestern! wollt ihr wissen,
Wie ich mich vergnüge,
Dass ich immer scherze,
Dass ich immer singe,
Dass ich auch im Winter,
Wenn auch schon die Rosen
Unser Haupt nicht krönen,
Doch noch immer scherze?
Macht's wie ich und liebet!
Doch liebt nicht nur Männer:
Liebet auch die Tugend;
Liebet schöne Bücher;
Stimmet auch die Saiten;
Dichtet schöne Lieder;
Singet von der Liebe!
Liebt ihr aber Männer,
Oh! so liebt nur einen,
Liebet ihn recht zärtlich,
Scherzt mit eurem Freunde:
So seid ihr recht glücklich.

JOHANNE CHARLOTTE UNZER

VORSCHLÄGE ZUR KINDERZUCHT

Alte, seid nur nicht so strenge,
Gönnt doch euren Kindern Freude.
Sehet, wie die Jugend scherzet,
Wie sie sich beim Spiel vergnüget
Und in bunten Reihen hüpfet.
Könnt ihr nicht noch einmal scherzen
Und den Rest des Lebens fühlen?
Kommt, versucht es mit uns Kindern,
Tanzet, singet und seid lustig!
Doch ihr seid nur allzumürrisch:
Bleibt zuhaus und leset Bücher.
Lasst die sorgenfreie Jugend
Scherzen, lieben lachen, küssen:
Aber ihr gebt euren Kindern
Vor dem Tode gute Lehren.
Sprecht: »Es ist nur eine Jugend,
Diese Jugend müsst ihr brauchen,
Weil ihr, wenn sie einst vergangen,
Nicht mehr ihre Lust empfindet.
Sehet, Kinder, wie im Alter
Uns der Tanz die Glieder lähmet,
Wie der Liebe Lust uns ekelt,
Wie wir, satt der bösen Zeiten,
Unsern Kopf bedenklich schütteln,
Unsre Knie und Rücken beugen
Und die welken Hände ringen.
Darum braucht die Zeit der Jugend,
Unser Beispiel kann's euch raten.«
Solche Lehren sollt ihr Alten
Euren lieben Kindern geben,
Ihnen keine Lust verwehren,
Keinen Kuss und kein Gelächter.
Hört ihr's wohl, ihr guten Alten?

MATTHIAS CLAUDIUS

ALS DER HUND TOT WAR

Alard ist hin, und meine Augen fließen
Mit Tränen der Melancholie!
Da liegt er tot zu meinen Füßen!
Das gute Vieh!

Er tat so freundlich, klebt' an mich wie Kletten,
Noch als er starb an seiner Gicht.
Ich wollt' ihn gern vom Tode retten,
Ich konnte nicht.

Am Eichbaum ist er oft mit mir gesessen,
In stiller Nacht mit mir allein;
Alard, ich will dich nicht vergessen,
Und scharr dich ein,

Wo du mit mir oft saß'st, bei unsrer Eiche,
Der Freundin meiner Schwärmerei. –
Mond, scheine sanft auf seine Leiche!
Er war mir treu.

MATTHIAS CLAUDIUS

ABENDLIED

Der Mond ist aufgegangen
Die goldnen Sternlein prangen
Am Himmel hell und klar;
Der Wald steht schwarz und schweiget,
Und aus den Wiesen steiget
Der weiße Nebel wunderbar.

Wie ist die Welt so stille,
Und in der Dämmrung Hülle
So traulich und so hold!
Als eine stille Kammer,
Wo ihr des Tages Jammer
Verschlafen und vergessen sollt.

Seht ihr den Mond dort stehen? –
Er ist nur halb zu sehen,
Und ist doch rund und schön!
So sind wohl manche Sachen,
Die wir getrost belachen,
Weil unsre Augen sie nicht sehn.

Wir stolze Menschenkinder
Sind eitel arme Sünder,
Und wissen gar nicht viel;
Wir spinnen Luftgespinste,
Und suchen viele Künste,
Und kommen weiter von dem Ziel.

Gott, lass uns dein Heil schauen,
Auf nichts Vergänglichs trauen,
Nicht Eitelkeit uns freun!
Lass uns einfältig werden,
Und vor dir hier auf Erden
Wie Kinder fromm und fröhlich sein!

Wollst endlich sonder Grämen
Aus dieser Welt uns nehmen
Durch einen sanften Tod!
Und, wenn du uns genommen,
Lass uns in Himmel kommen,
Du unser Herr und unser Gott!

So legt euch denn, ihr Brüder,
In Gottes Namen nieder;
Kalt ist der Abendhauch.
Verschon uns, Gott! mit Strafen,
Und lass uns ruhig schlafen!
Und unsern kranken Nachbar auch.

MATTHIAS CLAUDIUS

KRIEGSLIED

's ist Krieg! s' ist Krieg! O Gottes Engel wehre,
Und rede du darein!
's ist leider Krieg – und ich begehre
Nicht schuld daran zu sein!

Was sollt ich machen, wenn im Schlaf mit Grämen
Und blutig, bleich und blass,
Die Geister der Erschlagnen zu mir kämen,
Und vor mir weinten, was?

Wenn wackre Männer, die sich Ehre suchten,
Verstümmelt und halb tot
Im Staub sich vor mir wälzten, und mir fluchten
In ihrer Todesnot?

Wenn tausend tausend Väter, Mütter, Bräute,
So glücklich vor dem Krieg,
Nun alle elend, alle arme Leute,
Wehklagten über mich?

Wenn Hunger, böse Seuch' und ihre Nöten
Freund, Freund und Feind ins Grab
Versammleten, und mir zu Ehren krähten
Von einer Leich herab?

Was hülf' mir Kron und Land und Gold und Ehre?
Die könnten mich nicht freun!
's ist leider Krieg – und ich begehre
Nicht schuld daran zu sein!

WERNER H. F. ABRAHAMSON

NORMA MORUM, DEN UMSTÄNDEN ENTSPRECHEND

Willst du was werden in dieser Welt,
Mein Sohn: verbeug dich;
Und schweig, wenn irgendwas dir missfällt,
Verbeug dich.
Wer arm ist, muss sich hier tief verbeugen,
Hör auf zu jammern, und lerne zu schweigen,
Drum schweig, verbeug dich,
Sei still, verbeug dich,
Und schweig!

Begegnet dir einmal ein großer Herr,
Verbeug dich,
Und macht er dir etwa das Leben schwer,
Verbeug dich;
Und hältst du ihn selber für einen Toren,
Bedenke: als Armer bist du verloren,
Und schweig, verbeug dich,
Sei still, verbeug dich,
Und schweig!

Belehrt dich ein weiser Mann lange und laut,
Verbeug dich,
Auch wenn schon ein Kind seine Weisheit durchschaut,
Verbeug dich.
Denn deine Widerreden empfind't er
Nicht anders als Schwalben den eiskalten Winter;
Drum schweig, verbeug dich,
Sei still, verbeug dich,
Und schweig!

Norma morum: Benimmregeln.

Macht einer sich wichtig mit seinem *Bei mir!*,
Verbeug dich,
Und wird dir auch lästig sein dummes *Hier!*,
Verbeug dich.
Denn wisse, es bringt ihn zu Reichtum und Ehren,
Dich in der Kunst und der Weisheit zu lehren,
Drum schweig, verbeug dich,
Sei still, verbeug dich,
Und schweig!

Läuft deiner Herrin die Zunge davon,
Verbeug dich;
Mit deiner Antwort gedulde dich schon,
Verbeug dich.
Und ist sie von sich schon ganz hingerissen,
Dann tu so, als wolltest du *noch* mehr wissen,
Und schweig, verbeug dich,
Sei still, verbeug dich,
Und schweig!

Und wenn fern oder nah dich die Schlechtigkeit stört,
Verbeug dich,
Wird alles nur schlechter, geht alles verkehrt,
Verbeug dich.
Was kümmern dich Länder und Staaten und Städtchen?
Trink Punsch, stell dich taub, und hab Spaß mit den Mädchen,
Aber schweig und verbeug dich,
Sei still, verbeug dich,
Und schweig!

Und wenn der Satan vergottet wird,
Verbeug dich.
Und wenn dein König verspottet wird,
Verbeug dich.
Gelüstet's den Höfling nach deinen Dingen
Oder danach, dein Weib zu umschlingen,
So schweig, verbeug dich,
Sei still, verbeug dich,
Und schweig!

Und wirst du an alldem zu Tode dich tragen,
Verbeug dich,
Und wirst du verspottet, erniedrigt, geschlagen,
Verbeug dich;
Und kriegst du den Dummkopf, den dümmsten und letzten,
Als stolzgeschwellten Vorgesetzten,
Dann schweig, verbeug dich,
Sei still, verbeug dich,
Und schweig!

Allein im Grabe, mein lieber Freund,
Gibt's kein Verbeugen;
Und auch vor dem Richter, der's gut mit dir meint,
Gibt's kein Verbeugen.
Doch bis du im Grabe Ruhe find'st,
In der Wohnung der Geister die Freiheit gewinnst:
Bis dahin verbeug dich!
Ohne Unterlass beug dich!
Und schweig!

HEINRICH CHRISTIAN BOIE

DER STERBENDE LANDJUNKER

Gott tröste Sie, gestrenger Herr!
Sprach jüngst des Dorfes Prediger,
Und weihe Sie nach solchem Leid
Zum Bürger seiner Herrlichkeit!
»Zum Bürger? was?« fing jener an:
»Ich bin und bleib ein Edelmann!«

HEINRICH CHRISTIAN BOIE

VERSCHIEDENER STOLZ

Still, ohne Pracht, doch sicher, dass man's merke,
So schreiten Prinz und Dogg' einher in ihrer Stärke.
In Seid und Schellen prunkt, und bellt und flucht mit Zeter
Der Junker und sein Köter.

JOHANN HEINRICH VOSS

DIE KARTOFFELERNTE

Kindlein, sammelt mit Gesang
Der Kartoffeln Überschwang!
Ob wir voll bis oben schütten
Alle Mulden, Körb' und Bütten;
Noch ist immer kein Vergang!

Wo man nur den Bulten hebt,
Schaut, wie voll es lebt und webt!
O die schöngekerbten Knollen,
Weiß und rot, und dick geschwollen!
Immer mehr, je mehr man gräbt!

Nicht umsonst in bunter Schau
Blüht' es rötlich, weiß und blau!
Ward gejätet, ward gehäufet:
Kindlein, Gottes Segen reifet!
Rief ich oft, und traf's genau!

Einst vom Himmel schaute Gott
Auf der Armen bittre Not:
Nahe ging's ihm; und was tat er
Uns zum Trost, der gute Vater?
Regnet' er uns Mannabrot?

Nein, ein Mann ward ausgesandt,
Der die neue Welt erfand!
Reiche nennen's Land des Goldes:
Doch der Arme nennt's sein holdes
Nährendes Kartoffelland!

Nur ein Knöllchen eingesteckt,
Und mit Erde zugedeckt!
Unten treibt dann Gott sein Wesen!
Kaum sind Hände gnug zum Lesen,
Wie es unten wühlt und heckt!

Was ist nur für Sorge noch?
Klar im irdnen Napf und hoch
Dampft Kartoffelschmaus für alle!
Unsre Milchkuh auch im Stalle
Nimmt ihr Teil und brummt am Trog!

Aber, Kindlein, hört! ihr sollt
Nicht verschmähn das liebe Gold!
Habt ihr Gold, ihr könnt bei Haufen
Schöne Saatkartoffeln kaufen,
Grad' aus Holland, wenn ihr wollt!

JOHANN HEINRICH VOSS

DER MAIABEND

Umweht von Maiduft, unter des Blütenbaums
Helldunkel sahn wir Abendgewölk verglüh'n,
    Des vollen Monds Aufgang erwartend,
        Und Philomelengesäng' im Talbusch.

Lau war die Dämmrung; traulicher scherzten wir
Mit nachgeahmter Fröhlichkeit. Bald verstummt
    In holdem Tiefsinn, saß das Mägdlein,
        Stammelte: Wollen wir gehn? und ging nicht.

Die Hand in meiner zitterte. Bleib, o bleib!
Kaum atmend lallt' ich's. Wonne! da fügten wir,
    Nach manchem Freundschaftskuss, den Brautkuss,
        Nicht Philomela noch Mond bemerkend.

Philomela: die Nachtigall (anspielend auf eine Gestalt der griechischen Mythologie). • lallen: flüstern.

CHRISTIAN ADOLF OVERBECK

AN DEN MAI

Komm, lieber Mai, und mache
Die Bäume wieder grün!
Und lass mir an dem Bache
Die kleinen Veilchen blühn!
Wie möcht' ich doch so gerne
Ein Blümchen wieder sehn!
Ach lieber Mai, wie gerne
Einmal spazieren gehn!

In unsrer Kinderstube
Wird mir die Zeit so lang;
Bald werd' ich armer Bube
Vor Ungeduld noch krank.
Ach! bei den kurzen Tagen
Muss man sich obendrein
Mit den Vokabeln plagen,
Und immer fleißig sein.

Mein neues Steckenpferdchen
Muss jetzt im Winkel stehn;
Denn draußen in dem Gärtchen
Kann man vor Schnee nicht gehn.
Im Zimmer ist's zu enge,
Und stäubt auch gar zu viel,
Und die Mama ist strenge;
Sie schilt aufs Kinderspiel.

Am meisten aber dauert
Mich Lottens Herzeleid;
Das arme Mädchen lauert
Recht auf die Blumenzeit.
Umsonst hol' ich ihr Spielchen
Zum Zeitvertreib herbei;
Sie sitzt in ihrem Stühlchen,
Wie's Hühnchen auf dem Ei.

Ach wenn's doch erst gelinder
Und grüner draußen wär'!
Komm, lieber Mai! wir Kinder,
Wir bitten gar zu sehr.
O komm! und bring vor allen
Uns viele Rosen mit!
Bring' auch viel Nachtigallen
Und schöne Kuckucks mit!

KNUD LYHNE RAHBEK

ROMANZE VOM TRINKER

Als ich mein Geld verprasst,
War mir die Welt verhasst,
So voller Tücke.
Der Böse gab mir ein,
Zu enden meine Pein
Am Strick, am Stricke.

So schickte ich in Eil'
Das Mädchen nach dem Seil,
Dem Seil, ach, für mein Haupt.
Sie wohnt in Nummer vier,
Erkundigt euch bei ihr,
Wenn ihrs nicht glaubt.

'nen Nagel sucht ich dann,
Zu hängen mich daran –
Was sah ich da?
Ja wirklich, *unverhofft*
Kommt, wie man deutsch sagt, *oft*!
Hipp, hipp, hurra:

Ich dachte, ich sei blank,
Da blickt mich aus dem Schrank
Ein Fläschchen Wein an.
Mein allerletztes Gut,
So süß, so voller Glut,
Wie er nur sein kann.

Denn seh ich, und ich schwör:
Dich trinkt, bei meiner Ehr,
Kein dummer Wicht!
Ihr könnt mir alles nehmen,
Mit Klauen und mit Zähnen –
Den Rheinwein nicht.

So trank ich gleich ein Glas,
(Und mir gefiel der Spaß)
Des süßen Weins.
Ich trank auf meine Daphne,
Auf alles je Geschaffne,
Und gleich noch eins!

Ich trank voll Dankbarkeit
Auf Freunde, Welt und Zeit
Und Kreditoren.
Kurz, als das Mädchen kam,
War ich schon wieder zahm,
Wie neugeboren.

Das sei euch eine Lehr'!
Erhängt euch nimmermehr,
Und glaubt mir lieber:
Ein Glas zur rechten Zeit,
Dann geht auch dieser Streit
Vorüber.

JENS BAGGESEN

IDEALIA

Schön und zärtlich wie Cythera,
Weiß und mild wie Cynthia,
Rund wie Hebe, rank wie Hera:
Meine Idealia.

Keine von den drei Chariten
Gleicht ihr, wenn sie mich entzückt;
Alle Erden-Aphroditen
Bleichen, wenn man sie erblickt.

Wie ein Strahl aus blauer Höhe,
Ausgesandt vom Gott des Lichts,
Blitzt ihr Auge, und ich sehe
Außer Lieb' und Wollust nichts.

Auf den weißen runden Wangen
Tugend-Rosen sanft erblühn,
Ihrem Lächeln muss mein Bangen
Wie im Morgenrot entfliehn.

Liebesgötter winden Kränze
Um ihr dunkelbraunes Haar,
Grazien vollführen Tänze,
Wo sie sein wird, ist und war.

Zephyrs Spiel wird nichts verweigert
Von dem Kleid, das sie bedeckt,
Das des Busens Reiz noch steigert,
Weil es ihn nur halb versteckt.

Wo sie auftritt, sprießen Rosen
Unter ihrem zarten Fuß,
Staunen, Wundern, zartes Kosen
Bieten scheu ihr ihren Gruß.

Freche Satyrn keusch entfliehen,
Wagen nicht sich satt zu sehn,
Falsche Schlangen sich verziehen
Vor der Königin der Feen.

Und ihr holder Blick entzückte
Selbst den grübelnd kalten Geist,
Dessen Hände die Entrückte
Anlockt und doch von sich weist.

Was ihr Anblick fromm verkündigt,
Wandelt Klag' zu lauter Lust,
Satan weiß nicht, wie man sündigt,
Wird ihm ihre Zucht bewusst.

Ihres Lächelns Glanz verwirrt die
Welt, die Böses uns verhieß.
Ja, in ihren Armen wird die
Hölle selbst zum Paradies.

Doch *ein* Mangel muss entstellen,
Was doch jeder an ihr liebt:
Meine Liebste, ihr Gesellen,
Weiß nicht mal, dass es mich gibt!

Cythera: Beiname der Aphrodite (nach ihrem Geburtsort) • Cynthia: Beiname der Artemis (nach ihrem Geburtsort) • Hebe: Göttin der Jugend • Hera: Gemahlin des Zeus.

JENS BAGGESEN

SERENADE

Horch leise! horch, Geliebte! horch!
Es tönt das Lied der Nachtigallen:
Es blüht der Wald! es blühn an allen
Gesträuchen Blüten! eh sie fallen,
Horch! horch!

Lausch leiser, o Geliebte! lausch!
Du schlummerst hold im Rosenschimmer;
Doch blüht der Jugend Lenz nicht immer;
Die Reize fliehn und kehren nimmer!
Lausch! lausch!

O, nahe dich! Geliebte! komm!
Nimm deinen Mantel! schleich auf Zehen
Zum Fenster, wo die Weste wehen
Zu dir hinauf mein leises Flehen:
Komm! komm!

Mach, Süße, mach das Fenster auf!
Dass lauter deinem Ohr erklinge
Und tief in deine Seele dringe,
Was ich in stiller Nacht dir singe!
Mach auf!

O Wonne! Himmlische, du nahst!
Enteilst des süßen Schlummers Armen
Mit schnellem Schritte, voll Erbarmen!
Du kommst voll Mitleid mit mir Armen!
Du nahst!

→

Blick nieder! fürchte nicht! ich bin's,
Ich bin's, der hier im kalten Schauer
An deiner stillen Fenstermauer
Schon lange zittert auf der Lauer,
Ich bin's!

O Wonne! süßer Himmelsblick!
Dein Schnupftuch weht! ich seh dich winken!
O, wie der Äuglein Sterne blinken!
O, wie des Himmels schwinden! sinken!
O Blick!

Ein Wort, o Süße! höre mich!
Ein einzig's Wort, ein Wort der Liebe,
Das erst' und letzte Wort der Liebe;
Ich liebe, liebe, liebe, liebe
Nur dich!

Mach jetzt dein Fenster wieder zu,
Damit du drin dich nicht erkälte,
Und nicht die gute Mutter schelte,
Erratend, was sich unten stellte!
Mach zu!

Noch einmal, Süße! schlafe wohl!
Dein Körper ruh im weichen Flaume!
Dein Geist erscheine mir im Traume!
Wir sind ja nur getrennt im Raume!
Schlaf wohl!

ADOLF SCHACK VON STAFFELDT

SEHNSUCHT DER NATUR

Was klaget aus dem dunklen Tal
        Die Nachtigall?
Was seufzet drein der Erlenbach
        Mit manchem Ach?
Ein Leid muß Alles wohl ertragen
Und will's dem sanften Dichter klagen.
Denn sucht' er nicht in Meer und Luft
        Und Bergeskluft,
In dunklem Wald, auf heitrer Flur
        Die Urnatur?
Und da sie rings umher verschwunden,
Hat er sie in sich selbst gefunden.
Nun klaget aus dem dunklen Tal
        Die Nachtigall,
Es seufzet drein der Erlenbach
        So manches Ach:
Sie wollen ihm ihr Sehnen klagen,
Er soll das Trostwort ihnen sagen.

ADOLF SCHACK VON STAFFELDT

AN EINE ENTFERNTE GELIEBTE

Welche Wüste! Welche Stille!
Welches Grauen rings umher!
Hin ist ach! die Blumenfülle,
Und versteinert ist das Meer.
Aus dem Tode der Naturen
Flücht' ich in mich selbst hinein:
Ach von den erstorbnen Fluren
Find' ich nur den Widerschein!

Ziehe durch der Erde Räume,
Wilder Sturm, in Schnee gehüllt!
Welket, Blumen! dorret, Bäume!
Rings erscheine mir mein Bild!
Denn sie ist dahin gezogen,
Unerbittlich, fern von mir –
Stirb, Gefild! erstarret, Wogen!
Heil, willkommner Winter, dir!

Meine Frühlingssonne strahlet
Nur aus ihrer Augen Licht,
Meine Blumenjahrszeit malet
Sich nur auf ihr Angesicht.
Wann sie lächelt, dann umspielen
Alle Freudengötter mich,
Und ein Himmel von Gefühlen
Senkt in ihrem Atem sich.

Zu der Liebe hellem Sterne,
Strahlend an der Stirn der Nacht,
Blick' ich in die Himmelsferne,
Wenn nur treue Sehnsucht wacht:
Denk' ich dann in süßem Wähnen,
Dass auch sie zum Himmel sieht,
Dann zwar fallen meine Tränen,
Aber meine Hoffnung blüht.

Und aus den geliebten Weiten
Weht's wie Geisterton einher:
Ist's der Nachhall ihrer Saiten,
Schwebend über Land und Meer?
Alle jene Melodien,
Denen sie zu Schmerz und Lust
Ihre Zaubermacht geliehen,
Regen sich in meiner Brust.

O Geliebte meiner Seele!
Meiner Augen Seligkeit!
Die ich mir vor allen wähle,
Der mich treue Liebe weiht:
Kehre, süßes Mädchen, wieder,
Wann sich die Natur verjüngt
Und beim Klange neuer Lieder
Liebend sie den Lenz umschlingt.

ADOLF SCHACK VON STAFFELDT

DIE BLUMEN

Und über die Wiese
Geh ich allein
Und schlage die Leier
In Sehnsuchtspein.
Es regen die Felsen
Sich dort und hier,
Aus Hain und Gezweig
Antwortet es mir.

In Bergklüften hallt es
So wehmütig-hold,
Der Grube entströmt
Das alte Gold;
Die Blumen zittern
Und grüßen mich,
Und auf ihren Stengeln
Erheben sie sich.

Sie bleiben klein wohl
Immerdar,
Das Glück der Natur,
Ihre Kinderschar:
Heute wie einst,
Seit sie gezeugt,
An ihren Brüsten
Heiter gesäugt.

In jeder von ihnen
Verschlossen sind
Heimliche Engel,
Ein himmlisches Kind;
Und wird mit der Zeit
Die Blume vergehn,
Ein Engel wird
Aus ihr auferstehn.

Mir scheint, sie drängen
Sich freundlich herbei,
Als ob ich schon lange
So lieb ihnen sei,
Als sollte mich trösten
Ihr Farbenspiel,
Als sprächen sie zu mir
so fröhlich, so viel.

Denn ach! die Zeit,
Die sehnsuchtsvoll
Und vergebens der Skalde
Rufen soll:
Sie dauert noch an,
Die schöne Zeit,
Wie festgehalten
Im Blumenkleid.

Was ihn verzaubert
Am Frühlingsort,
Im Blütenkleide
Vererbt es sich fort:
Jeder Same bewahrt
Jenen *ersten* noch
Und offenbart ihn
Niemals doch.

Ja die kleinen Blumen
Verstehen mich,
Nachts weinen sie leise
Und bitterlich,
Aus Tagen der Unschuld
Bei ihnen nur
Ach! blieb eine Heimat
Der Allnatur.

Sie streben zu mir
So nah, so verwandt,
Sie wollen sagen,
Was da verschwand;
Doch ach! sie dürfen
Nicht sagen, was;
Denn sie nicken nur stumm
Mit den Blüten im Gras.

Sie können nur zittern
Und grüßen mich,
Und auf ihren Stengeln
Erheben sie sich,
Wenn über die Wiese
Ich gehe allein
Und schlage die Leier
In Sehnsuchtspein.

FRIEDRICH LEOPOLD GRAF STOLBERG

DIE TRÜMMER

Hier siehst du eines Zwingherrn Haus
Gestürzt in Moder und in Graus,
Der Uhu hauset drinnen!
Auf dieser Stätte ruht sein Fluch,
Hier sprach er manchen feilen Spruch,
Ließ Blut und Tränen rinnen!

Er hat in mancher Taumel-Nacht
Den Raub des Tages durchgebracht,
Geschmauset bis es tagte!
Des Abends stand einmal allhier
Vor seines Schlosses stolzer Tür
Ein armes Weib und klagte:

»Der Herr ist Gott! der Herr ist Gott!
Er hört des stolzen Frevlers Spott,
Und hört der Witwe Klage!
Er wog den Dränger und das Land;
Die Himmel sahn – in Gottes Hand
Die fürchterliche Wage!«

Ein gottgesandter Schauer schleicht,
Da seine leichte Schale steigt,
In des Tyrannen Glieder!
Ihm fällt der Becher aus der Faust;
Da 's bang in seinen Ohren saust!
Getroffen stürzt er nieder!

Die Rache Gottes eilte schnell,
Sie rüstete den großen Tell,
Das Vaterland zu retten;
Die Dränger fielen! dieses Schlosses
In Schutt versenkt, bedeckt mit Moos,
Zeugt von zerbrochnen Ketten!

den großen Tell: Wilhelm Tell, den legendären Befreier der Schweiz.

FRIEDRICH LEOPOLD GRAF STOLBERG

AN DIE WEENDE BEI GÖTTINGEN

Quelle, du bist mir werter, denn des lauten,
Felsenstürzenden Stroms erzürnte Woge!
Deinem leisen Lispel entschlüpfen süße
　　Freuden der Seele!

Freuden der Seele fliehn der Welt Getöse,
Sind der Ruhe Gespielen! lieben deine
Blumenthale, lieben, wie du, die Kühle
　　Duftender Erlen!

Weende: Bach und Dorf bei Göttingen (in dessen Nähe 1772 der »Hainbund« gegründet wurde).

BENDE BENDSEN

UNSERE TRÄUMEREI

Wir träumen und wünschen und wollen so viel
Und hoffen auf bessere Zeiten.
Die Natur aber dreht sich und kommt nicht ans Ziel,
Und niemals lässt sie mit sich streiten.
Wir sehn nicht, wie groß Gottes Werke sind,
Und bleiben mit offenen Augen doch blind.

Wer ist denn zufrieden in Hütte, Palast,
Wer kann denn sein Glück recht empfinden?
Der Arme träumt, wieviel Gold er verprasst,
Und friert doch in eisigen Winden.
Der Reiche seufzet, von Sorgen beengt,
Und neidet dem Armen noch, was ihn bedrängt.

Die Menschen sind töricht. Doch gut ist die Welt,
Nur glücklich ward niemand hienieden.
Um Denken und Handelns ist's übel bestellt,
Und niemand lebt wirklich im Frieden.
Doch gib dich zufrieden, bewahre den Mut:
Was immer hier schlecht war, wird drüben doch gut.

CARSTEN HAUCH

EINE ERINNERUNG

Ein Fluss, zwei steile Klippen,
Ich sah sie ganz genau,
Die Wellen waren schwarz,
Die Felsen dunkelgrau.

Da wuchsen Himbeersträucher,
Ein Rosenstock da stand:
Dort saß ich windgeschützt
Hinter der Bergeswand.

So tief war dort das Wasser,
So schwarz das Felsenrund,
Forellen schwammen lautlos
Am steinernen Grund.

Kein Nachtigallenschlagen,
Kein Kuckucksruf erschallt,
Doch Amseln, Drosseln sangen
Am Wegesrand im Wald.

Wie oft stand ich dort einsam
Am Fluss im feuchten Gras
Und senkte meine Angel
Hinab ins dunkle Nass.

Da fing ich mir Forellen,
Da war ich froh und frei
Und wusste, dass im Felsen
Die Elfenwohnung sei.

Ich glaubte sie zu sehen
Im Tal, im Nebelkleid.
Und wenn ich daran denke,
Dann glaub ich es noch heut.

Das ist so lang vergangen,
Die Zeiten sind dahin,
Doch was ich dort erlebte,
Schwand nicht aus meinem Sinn.

So weit und fern ich reiste
In südlicheres Land –
Unmöglich, dass ich jemals
Die Stelle wiederfand.

Ich musste sie verlassen,
Ich blieb für immer fort.
Doch oft in meinen Träumen
Bin ich wohl wieder dort.

Wenn ich von Zauberländern
In Märchen hören muss,
Dann bin ich in Gedanken
An jenen dunklen Fluss

Und auf den dunklen Klippen
Und bei dem Rosenstock.
Da saß ich windgeschützt
Hinter dem Felsenblock.

Und bau ich mir ein Haus hier
Aus der Erinnerung,
Dann wird der Fluss darin sein,
Dann bin ich wieder jung

Am Rand der dunklen Klippen,
In Wald und Tal und Ried.
Und unter blühenden Rosen
Ertönt das Wellenlied.

JOHAN LUDVIG HEIBERG

JUNG KIRSTEN

Die Wogen rollen so schwer, so schwer,
Jung Kirsten steht lange am weiten Meer.
Sie starrt hinab wo das Wasser blaut,
Zu sehen, was niemals zuvor sie geschaut
Tief in den kühlenden Wogen.

Wäre wahr doch die Mär', die mein Vater gebracht!
Es lebt eine unbekannte Macht
Im Meere, sie wohnen im tiefsten Schlund,
Sie leben so stille am Meeresgrund
Tief in den kühlenden Wogen.

Da ragt eine mächtige Burg empor,
Und der Himmel schimmert wie Silberflor,
Und Sonne und Mond wie rotes Gold,
Und Felder aus Perlen, vom Meer überrollt
Tief in den kühlenden Wogen.

Ein Wesen wohnt in dem tiefen Palast,
Das kennt wie ich selber Sorgen und Last;
Ein menschliches Herz schlägt in seiner Brust,
Und es fühlt eine ewig wechselnde Lust
Tief in den kühlenden Wogen.

Und da der Meermann so vieles geschaut,
So ist ihm auch die Liebe vertraut;
Er selber wohl liebte auch einmal so bang
Und stillet sein Sehnen beim Harfenklang
Tief in den kühlenden Wogen.

Oh Meermann! Sei du mir hold und gut,
Ich brenne, ich brenne vor Sehnsuchtsglut;
Ein Feuer, das ich noch niemals gekannt,
Erfüllt mein Herz, ich will löschen den Brand
        Tief in den kühlenden Wogen.

Jung Kirsten sinkt auf des Meeres Grund,
Der Meermann küsst ihren Rosenmund;
Er öffnet die Arme, sie ist nicht mehr fern,
Leise sagt sie den Namen des Herrn
        Tief in den kühlenden Wogen.

»Liden Kirsten« ist eine Gestalt aus den altnordischen »Folkeviser« und eine mythologische Verwandte der »Kleinen Meerfrau« von H. C. Andersen (der aus derselben Folkevise das Libretto für ein Singspiel und das Libretto für J. P. Hartmanns Oper »Liden Kirsten«, 1846, machte).

ANNA

MEIN SCHWALBEN-PAAR

So ist es recht, nun bist du endlich hier
Ich dachte schon, du hättest mich vergessen.
Wo warst du nur so lang? du hast bei mir
Doch lange deine Wohnung schon besessen!
Wie lang hab ich gewartet, und vergebens,
Auf dein Kwiwitt, den Sommerklang des Lebens!

Komm lieber Gast und bau dir dein Quartier,
Den naseweisen Spatz will ich vertreiben,
Dem Räuber werd ich's zeigen! wenn er dir
Dein Nest besetzt, als dürfte er dort bleiben!
Nun sing dein Lied, und fliege ohne Säumen
Und weck mich sanft aus meinen Morgenträumen –

Weck mich nur früh! und lass mich nicht in Ruh,
Bis ich mich frisch aus meinem Bett erhebe.
Den Wanderschritt begleite freundlich du,
Wenn ich mich sonntags in die Flur begebe;
Dann komm mit mir in unser stilles Haus:
Dort ruhen wir zur Nacht gemeinsam aus.

Wo warst du nur die lange Winternacht?
Im Winterschlaf wie tot? in fernen Ländern?
Hast du die Zeit im Schlummer wohl verbracht,
Bis dich der Frühling rief, dich zu verändern,
Mit Lerchenstimmen, Wind und Blumenduft
Und milder Wärme in der frischen Luft?

Begnüge dich mit unserm kleinen Bau,
Wo übers Nest das Strohdach weit sich streckt,
Dein Saal ist groß! sein Dach ist himmelblau,
Dein Schöpfer selbst hat dir den Tisch gedeckt,
Er kleidet dich in deine zarte Tracht,
Lässt Sternenaugen leuchten in der Nacht!

Wie bist du zart, geschmeidig, froh und frei!
Bald werden deine Kleinen mich entzücken,
Die gelben Schnäbel, die mit viel Geschrei
Aus deinem Schnabel sich ihr Futter picken.
Mit jeder Stimme kehrt das alte Glück
Des Lebens und des Sommers mir zurück.

Wie klug, wie hübsch von dir und deiner Frau,
Am Fenster hier das Nest euch zu bereiten!
Dass ich dich liebe, weißt du ganz genau.
Nun zwitschert es wie in den alten Zeiten,
Als ich den Schwalben für ihr Paradies
Bei Tag und Nacht die Türe offen ließ!

Du kommst so spät, bald reist du wieder fort,
Die Tage sind gezählt, kurz ist das Glück.
Das Schicksal ruft den Freund an seinen Ort,
Und nur die große Menge bleibt zurück,
An die das Leben kalt und fad uns band,
Als das, was wir ersehnten, uns verschwand.

So geht es immer! Storch und Schwalben fliehn,
Und nur die frechen Spatzenheere bleiben,
Um lärmend in die Dörfer einzuziehn,
Aus denen Schnee und Sturm sie nicht vertreiben.
Das sanfte Lied ertönt nur kurze Zeit,
Und bald zieht aus, was jetzt das Herz erfreut.

Zehnmal willkommen darum, lieber Freund!
Welch ein Vergnügen, dass wir jetzt uns finden;
Da draußen du, hier drinnen ich, vereint –
So freudig soll der kurze Sommer schwinden!
Genügsamkeit und Liebe, beides ganz,
Umschlingen unser Haus als Blütenkranz.

HANS CHRISTIAN ANDERSEN

† GRAF CONRAD RANTZAU VON BREITENBURG

Sieht man bei Nacht zum Sternenzelt empor
Und denkt an die, die schon dahingegangen,
Dann werden es mehr Sterne als zuvor.
Tief schlägt das Herz, es röten sich die Wangen.

Des Lebens Geister nahe fühlen wir;
Was groß und gut ist, kann nicht so vergehen!
– Ein neues Grab! – Du bist ja nicht mehr hier,
Doch unsre Herzen wollen dich noch sehen.

Du brachtest, still und klug, so vielen Glück,
Du gabst uns Trank, hast Rosen uns gebrochen;
Man sah den Stern in deinem milden Blick,
Und rasch geschah, was freundlich du versprochen.

Du warst ein Herz, auf das man sich verließ,
Dein Geist gab Licht und Nahrung durch sein Feuer;
Ja welches Herz ward so geliebt wie dies,
Dem Thronsaal und dem Bauernhaus gleich teuer!

Wenn einst ein alter Mann die Burg anschaut
Im Sonnenschein, in vielen, vielen Jahren,
Dann denkt er dein, dem er als Kind vertraut,
Und dankt gerührt den Zeiten, die da waren.

Der holsteinische Aristokrat Conrad Rantzau von Breitenburg (1773–1845) auf Schloss Breitenburg bei Itzehoe war zeitweise dänischer Staatsminister und Freund und Förderer Andersens gewesen, dem er als Verkörperung seiner Träume einer dänisch-deutschen Verständigung erschien.

Dein mildes Wesen liebte jedes Kind,
Von Jugendfrische war dein Geist getragen;
Wer zu dir ging, war ehrlich dir gesinnt,
Man fühlte auch für sich dein Herz wohl schlagen!

An deinem Grab manch stummes Lied verweht,
Die Tränen selbst verlaufen hier im Sande.
Der gute Gott erfülle dein Gebet.
– Als Geist des Friedens schwebe überm Lande!

HANS CHRISTIAN ANDERSEN

AUS VIGNETTEN FÜR DÄNISCHE DICHTER

Anders Arrebo
(geboren am 2. Januar 1587, † 1637)

Der Sternenglanz verschwindet in der Ferne,
Und dennoch bleiben Sterne immer Sterne.

Jens Baggesen
(geboren am 15. Februar 1764, † 1826)

Der Wanderer bleibt stehen und besinnt sich,
Das Meer erzählt von Stadt- und Menschenlos:
»Korsør war nur ein Hafenstädtchen, winzig,
Vor Baggesens Geburt. Jetzt ist es groß.«

A. W. Schack-Staffeldt
(geboren am 31. März 1770, † 1826)

Was Blumen in den Sommernächten träumen
Und was der Wind wohl flüstert in den Bäumen,
Wenn auf den Wiesen früh der Morgen taut,
Das haben Elfen einst dir anvertraut.
Nun ist, was in der Wiege du vernommen,
Mit deinem Elfenklang zu uns gekommen.

HANS CHRISTIAN ANDERSEN

MUSIKALISCHE STROPHEN

Tief in der heiligen Götter Hain
die Lure dröhnt in die Nacht hinein;
die Flamme lodert empor ins Laub,
dunkle Lieder künden von Raub,
stumm steht hinter des Heiligtums Schranken
der Gefangene, tief in Gedanken.
Alles schweigt,
da die Priesterin sich neigt
und ihn weiht zum Opfertod.

Schön wie Freya im Sichneigen,
bringt sie stumm ihr Herz zum Schweigen.
Ruhig starrt ihr dunkler Blick,
stumm ihr Opfer blickt zurück,
nur sein Inneres entflammt –
als der kalte Stahl ihn rammt,
strömt das Blut –
von Freya träumt er sanft und gut,
blickt die Priesterin noch an.

Lure: Blasinstrument der Bronzezeit. ⋄ Freya: in der altnordischen Mythologie Göttin der Liebe.

FRIEDRICH HEBBEL

SOMMERBILD

Ich sah des Sommers letzte Rose stehn,
Sie war, als ob sie bluten könne, rot;
Da sprach ich schauernd im Vorübergehen:
»So weit im Leben, ist zu nah am Tod!«

Es regte sich kein Hauch am heißen Tag,
Nur leise strich ein weißer Schmetterling;
Doch, ob auch kaum die Luft sein Flügelschlag
Bewegte, sie empfand es und verging.

FRIEDRICH HEBBEL

HERBSTBILD

Dies ist ein Herbsttag, wie ich keinen sah!
Die Luft ist still, als atmete man kaum,
und dennoch fallen raschelnd, fern und nah,
die schönsten Früchte ab von jedem Baum.

O stört sie nicht, die Feier der Natur!
Dies ist die Lese, die sie selber hält;
denn heute löst sich von den Zweigen nur,
was vor dem milden Strahl der Sonne fällt.

FRIEDRICH HEBBEL

MEERESLEUCHTEN

Aus des Meeres dunklen Tiefen
Stieg die Venus still empor,
Als die Nachtigallen riefen
In dem Hain, den sie erkor.

Und zum Spiegel, voll Verlangen,
Glätteten die Wogen sich,
Um ihr Bild noch aufzufangen,
Da sie selbst auf ewig wich.

Lächelnd gönnte sie dem feuchten
Element den letzten Blick,
Davon blieb dem Meer sein Leuchten
Bis auf diesen Tag zurück.

FRIEDRICH HEBBEL

AUF DAS TIER

Du bist der arme Kaliban der Welt,
        Du hast dem Menschen jede Frucht gezeigt,
Die auf der Erde Saft und Mark enthält,
        Und dich ihm stumm, als deinem Gott, geneigt,
Dir dankt er's selbst, dass er die Quelle kennt,
        Worin er sich den Leib verjüngen kann,
Doch seit ihm deine heil'ge Leuchte brennt,
        Verhängt er über dich den Todesbann,
Und das Geschöpf, das gleich verloren war,
        Wenn du es nicht geleitet durch die Nacht,
Bringt dir den Dank durch alle Martern dar,
        Wozu der Trieb in seiner Brust erwacht.

Kaliban: in Shakespeares Schauspiel »The Tempest« (1611) ursprünglicher, als »wild« betrachteter Bewohner der Insel, die sich der Europäer Prospero unterwirft.

THEODOR STORM

IN DIE HEIMAT

Eilst nach Westen, weiße Möwe,
In mein Heimatland?
O, so grüß' mir meinen fernen
Kühlen Meeresstrand!

Schwing' den Fittich, weiße Möwe,
Siehst mein Liebchen bald,
Sag ihr, dass die Sonne wärmer,
Dass die Herzen kalt.

THEODOR STORM

ABENDS

Auf meinem Schoße sitzet nun
Und ruht der kleine Mann;
Mich schauen aus der Dämmerung
Die zarten Augen an.

Er spielt nicht mehr, er ist bei mir,
Will nirgends anders sein;
Die kleine Seele tritt heraus
Und will zu mir herein.

Erster Teil des zweiteiligen Gedichts »Die Kinder«.

THEODOR STORM

FRAUEN-RITORNELLO

Blühende Myrte –
Ich hoffte süße Frucht von dir zu pflücken;
Die Blüte fiel; nun seh ich, daß ich irrte.

Schnell welkende Winden –
Die Spur von meinen Kinderfüßen sucht' ich
An eurem Zaun; doch konnt' ich sie nicht finden.

Muskathyazinthen –
Ihr blühtet einst in Urgroßmutters Garten;
Das war ein Platz; weltfern, weit, weit dahinten.

Dunkle Zypressen –
Die Welt ist gar zu lustig,
Es wird doch Alles vergessen.

Ritornello: Gedicht aus mehreren, als Strophen zusammengefügten dreizeiligen Ritornellen (so in Storms erster Fassung des Gedichts, später: »Frauen-Ritornellen«).

THEODOR STORM

HYAZINTHEN

Fern hallt Musik; doch hier ist stille Nacht,
Mit Schlummerduft anhauchen mich die Pflanzen:
Ich habe immer, immer dein gedacht;
Ich möchte schlafen, aber du musst tanzen.

Es hört nicht auf, es rast ohn Unterlass;
Die Kerzen brennen und die Geigen schreien,
Es teilen und es schließen sich die Reihen,
Und alle glühen; aber du bist blass.

Und du musst tanzen; fremde Arme schmiegen
Sich an dein Herz; o leide nicht Gewalt!
Ich seh dein weißes Kleid vorüberfliegen
Und deine leichte, zärtliche Gestalt. – –

Und süßer strömend quillt der Duft der Nacht
Und träumerischer aus dem Kelch der Pflanzen.
Ich habe immer, immer dein gedacht;
Ich möchte schlafen, aber du musst tanzen.

THEODOR STORM

MEERESSTRAND

Ans Haff nun fliegt die Möwe,
Und Dämmrung bricht herein;
Über die feuchten Watten
Spiegelt der Abendschein.

Graues Geflügel huschet
Neben dem Wasser her;
Wie Träume liegen die Inseln
Im Nebel auf dem Meer.

Ich höre des gärenden Schlammes
Geheimnisvollen Ton,
Einsames Vogelrufen –
So war es immer schon.

Noch einmal schauert leise
Und schweiget dann der Wind;
Vernehmlich werden die Stimmen,
Die über der Tiefe sind.

Haff: hier nicht »Nehrung«, sondern dänische und niederdeutsche Bezeichnung des Wattenmeeres.

THEODOR STORM

GEH NICHT HINEIN

Im Flügel oben hinterm Korridor,
Wo es so jählings einsam worden ist,
– Nicht in dem ersten Zimmer, wo man sonst
Ihn finden mochte, in die blasse Hand
Das junge Haupt gestützt, die Augen träumend
Entlang den Wänden streifend, wo im Laub
Von Tropenpflanzen ausgebälgt Getier
Die Flügel spreizte und die Tatzen reckte,
Halb Wunder noch, halb Wissensrätsel ihm,
– Nicht dort; der Stuhl ist leer, die Pflanzen lassen
Verdürstend ihre schönen Blätter hängen;
Staub sinkt herab; – nein, nebenan die Tür,
In jenem hohen dämmrigen Gemach,
– Beklommne Schwüle ist drin eingeschlossen –
Dort hinterm Wandschirm auf dem Bette liegt
Etwas – geh nicht hinein! Es schaut dich fremd
Und furchtbar an.
Vor wenig Stunden noch
Auf jenen Kissen lag sein blondes Haupt;
Zwar bleich von Qualen, denn des Lebens Fäden
Zerrissen jäh; doch seine Augen sprachen
Noch zärtlich, und mitunter lächelt' er,
Als säh er noch in goldne Erdenferne.
Da plötzlich losch es aus; er wusst es plötzlich,
– Und ein Entsetzen schrie aus seiner Brust,
Dass ratlos Mitleid, die am Lager saßen,
In Stein verwandelte – er lag am Abgrund;
Bodenlos, ganz ohne Boden. – »Hilf!
Ach Vater, lieber Vater!« Taumelnd schlug
Er um sich mit den Armen; ziellos griffen
In leere Luft die Hände; noch ein Schrei –
Und dann verschwand er.
Dort, wo er gelegen,

Dort hinterm Wandschirm, stumm und einsam liegt
Jetzt etwas; – bleib, geh nicht hinein! Es schaut
Dich fremd und furchtbar an; für viele Tage
Kannst du nicht leben, wenn du es erblickt.
»Und weiter – du, der du ihn liebtest – hast
Nichts weiter du zu sagen?«
          Weiter nichts.

THEODOR STORM

DIE STADT

Am grauen Strand, am grauen Meer
Und seitab liegt die Stadt;
Der Nebel drückt die Dächer schwer,
Und durch die Stille braust das Meer
Eintönig um die Stadt.

Es rauscht kein Wald, es schlägt im Mai
Kein Vogel ohn Unterlass;
Die Wandergans mit hartem Schrei
Nur fliegt in Herbstesnacht vorbei,
Am Strande weht das Gras.

Doch hängt mein ganzes Herz an dir,
Du graue Stadt am Meer;
Der Jugend Zauber für und für
Ruht lächelnd doch auf dir, auf dir,
Du graue Stadt am Meer.

KLAUS GROTH

MIN JEHANN

Ick wull, wi weern noch kleen, Jehann,
Do weer de Welt so grot!
Wi seten op den Steen, Jehann,
Weest noch? bi Nawers Sot.

An Heben seil de stille Maan,
Wi segen, wa he leep,
Un snacken, wa de Himmel hoch
Un wa de Sot wul deep.

Weest noch, wa still dat weer, Jehann?
Dar röhr keen Blatt an Bom.
So is dat nu ni mehr, Jehann,
As höchstens noch in Drom.

Och ne, wenn do de Scheper sung,
Alleen, int wide Feld:
Ni wahr, Jehann? dat weer en Ton!
De eenzige op de Welt.

Mitünner inne Schummerntid
Denn ward mi so to Mod,
Denn löppt mi't langs den Rügg so hitt,
As domals bi den Sot.

Denn dreih ick mi so hasti um,
As weer ick nich alleen:
Doch Allens, wat ick finn, Jehann,
Dat is – ick sta un ween.

Sot: Brunnen. • Scheper: Schäfer. • hitt: heiß.

KLAUS GROTH

AANTEN INT WADER

Aanten int Water,
Wat værn Gesnater!
Aanten in Dik,
Wat værn Musik!

De Wart is wat heesch: Wat wat wat schüll wi eten?
Murt, inne Murt, inne Grund is dat fett!
Höja! de graue fangt lud an to reden;
Quark un warm Water! Un alle ropt mit.

Aanten int Water,
Wat værn Gesnater!
Aanten in Dik,
Wat værn Musik!

De Rünnsteen hentlank all int Trünneln un Snappeln!
Barbeent un plattföt, un jümmer vergnögt!
Hier is de Kækenguß! Beersupp mit Appeln!
Wackeli, gackeli – süh, wa se sökt!

Aanten int Water,
Wat værn Gesnater!
Aanten in Dik,
Wat værn Musik!

Nu oppen Wall! un nu ropt wie de Günner!
Nu kamt se an, un nu gift dat en Snack.
Nu fleegt wi dal un nu dukt wi uns ünner!
All dat warm Water löppt blank vunne Nack!

Aanten int Water,
Wat værn Gesnater!
Aanten in Dik,
Wat værn Musik!

Wat wat wat wüllt wi? Nu wüllt wi na'n Misten.
Hör! se döscht Weten! Wi krupt dær de Rill!
Kamt man! man sachden! op Töntjen! mit Listen!
Nückt mit den Kopp, un et gau, un swigt still!

Aanten int Water,
Wat værn Gesnater!
Aanten int Stroh –
Wat værn Halloh!

Dar kumt de Kæksch! neiht man ut, brukt de Flünken!
Hoch æwern Tun un koppheister na'n Dik!
Swimm' as de Pocken, un flegen as Lünken,
Klok as en Minsch – un so dick! un so dick!

Aanten int Water,
Wat værn Gesnater!
Aanten in Dik,
Wat værn Musik!

Wart: Enterich. ◆ heesch: heiser. ◆ Murt: Morast. ◆ Trünneln: rollen. ◆ de Günner: die dahinten. ◆ döscht Weten: drischt Weizen. ◆ op Töntjen: auf Zehenspitzen. ◆ de Kæksch (sprich: Köksch): die Köchin. ◆ neiht man ut: lauft bloß weg. ◆ Lünken: Spatzen.

KLAUS GROTH

MIN MODERSPRAK

Min Modersprak, wa klingst du schön!
Wa büst du mi vertrut!
Weer ok min Hart as Stahl un Steen,
Du drevst den Stolt herut.

Du bögst min stiwe Nack so licht
As Moder mit ern Arm,
Du fichelst mi umt Angesicht –
Un still is alle Larm.

Ik föhl mi as en lüttjet Kind,
De ganze Welt is weg.
Du pust mi as en Værjahrswind
De kranke Boss torecht.

Min Obbe folt mi noch de Hann'
Un seggt to mi: »Nu bę!«
Un »Vaderunser« fang ik an,
As ik wul fröher dę.

Un föhl so deep: dat ward verstan,
So sprickt dat Hart sik ut.
Un Rau vun'n Himmel weiht mi an,
Un allns is wedder gut!

Min Modersprak, so slicht un recht,
Du ole frame Red!
Wenn blot en Mund »min Vader« seggt,
So klingt mi't as en Bed.

So herrli klingt mi keen Musik
Un singt keen Nachdigal;
Mi lopt je glik in Ogenblick
De hellen Thran hendal.

so licht: so leicht. ◆ Boss: Brust. ◆ Obbe: Großvater. ◆ be: bete. ◆ Rau: Ruhe. ◆ fram: sanft. ◆ Bed: Gebet. ◆ hendal: herunter.

DETLEV VON LILIENCRON

ANTWORT

Was willst du hier, das Land ist kalt
Und ohne Fröhlichkeit und Wälder.
Die Sonne scheint im Wolkenspalt
Nur selten warm auf karge Felder,
Was willst du hier?

Was willst du hier, die Möwe schreit,
Die Fischer rudern stumm die Kähne,
Hoch über Wassers Einsamkeit
Ziehn durch den Nebel wilde Schwäne.
Was willst du hier?

Was willst du hier, es droht das Meer,
Am Ufer schrecken Krüppelweiden,
Das Dasein würde dir zu schwer,
Du könntest niemals dich bescheiden.
Was willst du hier?

Was willst du hier, kein Ball, kein Rout,
Es knistert keine seidne Schleppe,
Ich stehe, nass bis auf die Haut,
Zum Jagdzug auf der Bollwerkstreppe.
Was willst du hier?

→

Was willst du hier, hier bückt sich nicht
Der Cavalier vor deiner Fahne,
Der Lotse bringt den Amtsbericht,
Er scheint mir heute stark im Trane.
Was willst du hier?

Was willst du hier, ein schwarzer Schlaf
Erstickt das Leben aller Enden,
Kein Bahnzug rollt, kein Telegraph
Kann Grüße deinen Lieben senden.
Was willst du hier?

Rout: vornehme Abendgesellschaft. • im Trane: betrunken.

DETLEV VON LILIENCRON

FOUR IN HAND

Vorne vier nickende Pferdeköpfe,
Neben mir zwei blonde Mädchenzöpfe,
Hinten der Groom mit wichtigen Mienen,
An den Rädern Gebell.

In den Dörfern windstillen Lebens Genüge,
Auf den Feldern fleißige Spaten und Pflüge,
Alles das von der Sonne beschienen
So hell, so hell.

Four in Hand: vierspänniger offener Wagen.

DETLEV VON LILIENCRON

IN EINER GROSSEN STADT

Es treibt vorüber mir im Meer der Stadt
Bald der, bald jener, einer nach dem andern.
Ein Blick ins Auge, und vorüber schon.
Der Orgeldreher dreht sein Lied.

Es tropft vorüber mir ins Meer des Nichts
Bald der, bald jener, einer nach dem andern.
Ein Blick auf seinen Sarg, vorüber schon.
Der Orgeldreher dreht sein Lied.

Es schwimmt ein Leichenzug im Meer der Stadt.
Querweg die Menschen, einer nach dem andern.
Ein Blick auf meinen Sarg, vorüber schon.
Der Orgeldreher dreht sein Lied.

DETLEV VON LILIENCRON

RABEN

Durch den blauen Morgenhimmel
Ziehen plumpe, schwarze Raben;
Wie Gedanken, schwarze, plumpe,
Durch die reine Seele ziehn.

Durch die reine Seele ziehn
Wie die plumpen, schwarzen Raben
Die Gedanken und verschwinden
In den blauen Morgenhimmel.

DETLEV VON LILIENCRON

HINÜBER

Lag ich jüngst im hohen Sommergrase,
Hatte gern das Menschenvolk gemieden.
Grade, grade über meiner Nase
Zog ein Schäferwölkchen hin in Frieden;
Zog im Blauen seine stille Straße,
Zog den Weg ins Land der Pyramiden.
Nickten Blumen, summten Himmelbrummer,
Summten langsam, langsam mich in Schlummer.

HERMAN BANG

VATERLAND –

Vaterland,
Fleck aus Erde auf der Erde;
Vaterland,
Du, unseres Jahrhunderts Polen,
im Innern zerschlissen,
von außen zerrissen;
Vaterland,
Mutter im Trauerkleid,
lehr uns:
klein zu sein,
in Alltagskleidung dein zu sein,
in Arbeitskleidung –
Mutter,
für dich allein zu sein.

1912

unseres Jahrhunderts Polen: Anspielung auf die polnischen Teilungen und den polnischen Freiheitskampf 1830/31.

HANSIGNE LORENZEN

SIEBZEHN

Leer ist mein Haus, mein Haus ist leer.
Ich bin jetzt siebzehn Jahre alt.
Die Welt in der ich steh ist kalt.

Der böse Schuss, der böse Schuss,
der meinem Vater tat Gewalt,
der tötete auch Mutter bald.

Mein Haus ist leer, leer ist mein Haus. –
Ich führ den Hof, ich geb ihm Halt.
Ich bin jetzt siebzehn Jahre alt.

FRANZISKA ZU REVENTLOW

DER HERBSTWIND WIRBELT DIE BLÄTTER

Der Herbstwind wirbelt die Blätter
in tollem Reigen herab,
er fegt die grünen Fluren
und legt den Sommer ins Grab.

Mich hält dein Arm umschlungen
zu qualvoll seliger Stund.
Deine Lippen brennen
Küsse auf meinem Mund.

Die Träne in meinem Auge
verschleiert mir den Blick.
Ich darf es ja nicht sehen
das Glück.

Und muss ich dich auch lieben
zu wahndurchtobter Pein.
Ich gehöre einem andern,
bin nicht dein.

Nur noch diese Stunde
lass mich im Traum –
Niemals soll er die Wunde
im Herzen schaun.

In meinem Herzen die Wunde,
die kennst nur du.
Seit dieser unselgen Stunde
find ich keine Ruh.

HELENE VOIGT-DIEDERICHS

IN DER BIBLIOTHEK

Ein hoher Saal voll stumpfer Schattenkühle.
Rund an den Wänden gelbe Glastürschränke.
Von schweren Bildermappen schier verdeckt
Der Arbeitstisch am nordgewandten Fenster.

Rings Seufzerhauch von umgeschlagenen Blättern,
Jahrhundertschwere Luft auf Büchergräbern –
Vergessen hab ich über Holzschnittkunst
Spätsommer draußen und Marienfäden.

Da springt aufkreischend an der Innenmauer
Ein Türlein auf. Mein glanzgetroffenes Auge
Trinkt fiebernd aus dem roten Sonnenmeer,
Das in der Kammer glasgebrochen schlummert.

Der Wächter mürrisch schlurft, die Tür zu schließen.
Ich fahr empor und blättre leise weiter
Und weiß nicht mehr, wer Dürer war. Mein Sinn
Ist drüben in der goldnen Märchenkammer.

WILHELM LEHMANN

WERGELAND

Wie das Nasturtium blüht und wie die Sonne
Gierig meine Freuden bescheint
Und den langen Weg in glühendes Metall verwandelt
Mit Glasflügeln summt die Biene und bohrt ihren Leib in die
glühroten Röhren
Die weiß gepuderten Klöppel der Fuchsien schwingen Melodien
In ihren violetten Schalen schäumt die Glut der bangen Welt
Und meiner Seele rot-krystallne Blätter springen auf
Sie lächelt ihrem Ziel – dem großen Ziele – zu.

Wergeland: der norwegische Romantiker Henrik Wergeland (1808–1845); das Gedicht spielt an auf sein Gedicht »Till Foråret« (»An den Frühling«).

WILHELM LEHMANN

DER DANK

Zurückgeballt ins Kurze, Baumäonen,
In Eichel, Ecker breite Kronen.

Oktoberlicht steht jäh im Windeszug
Wie Katapult schießt Busch zu Busche Hänflingsflug.

Kastanie öffnet Kugelschrein,
Ins Mahagoni ihre Innern lädt sie ein.

Ihr habt mich oft euch eingestimmt.
Was gebe ich, der von euch nimmt?

Die Achsel zuckt: nichts als Gedichte?
Gemach! Auch sie sind Weltgeschichte.

WILHELM LEHMANN

AUF SOMMERLICHEM FRIEDHOF

In memoriam Oskar Loerke

Der Fliegenschnäpper steinauf, steinab.
Der Rosenduft begräbt dein Grab.
Es könnte nirgend stiller sein.
Der darin liegt, erschein, erschein!

Der Eisenhut blitzt blaues Licht.
Komm, wisch den Schweiß mir vom Gesicht.
Der Tag ist süß und ladet ein,
Noch einmal säßen wir zu zwein.

Sirene heult, Geschützmaul bellt.
Sie morden sich: es ist die Welt.
Komm nicht! Komm nicht! Lass mich allein,
Der Erdentag lädt nicht mehr ein.
Ins Qualenlose flohest du,
O Grab, halt deine Tür fest zu!

Oskar Loerke: der Dichter und Cheflektor des Verlags S. Fischer starb nach Bedrängnissen durch die NS-Herrschaft 1941 einsam in Berlin.

WILHELM LEHMANN

LETZTE TAGE

Ausgelaufen ist der Krug.
Erde spricht, es ist genug.

Chrysanthemen hat ein Freund vors Bett gestellt,
Lockenhäupter, Würzgeruch der Welt.

Ehe meine Finger kalten,
Fühlen sie die Lust, die Stengel festzuhalten.

Halt ich so das letzte Stück der Zeit noch aus,
Bringt das große Qualenlose mich nach Haus.

EMMY BALL-HENNINGS

FREMDE ZÄRTLICHKEIT

In meiner Schulter zuckt eine Idee.
Ein Liebespaar wandert die Hecken entlang
Arm in Arm, lächelnd und sehnsuchtsbang …
Auf die Berge Jütlands fällt blau der Schnee.

Ich trage soviel fremdes Leid
Und wein' für andre viele Tränen.
Ich fühle unbekanntes Sehnen
Und gebe fremde Zärtlichkeit.

JENS EMIL MUNGARD

SCHUTZHAFTPERSPEKTIVE

Gitterfenster, Eisentüren,
um das Haus ein Posten streift.
Hier wird beschützt für gutes Führen,
wer sich nicht am Staat vergreift.

Schnauze! heißt die Direktive.
Lass kein böses Wort heraus!
Aus der Schutzhaftperspektive
sehn die Dinge anders aus.

MARTIN N. HANSEN

SEHNSUCHT

So matt und müde geht der Tag,
so grau und schwer.
Und über uns hängt tief herab
Ein Nebelmeer.

Durch meine Scheiben dringt ein Hauch,
ein kalter Wind –
Und mir kommen in den Sinn,
die gefallen sind.

Die welken Blätter draußen wehn
am Haus entlang –
wohl manchem ist an diesem Tag
im Herzen bang.

Im fremden Land begraben,
So ungeschützt,
Wo unsrer Hände Mühe
Euch gar nichts nützt –

Das macht die Zeiten schwer,
die zähen, harten.
Doch dauert es auch lang,
Wir werden warten.

RICHARD BLUNCK

ELSE LASKER-SCHÜLER

Stern ist ihr Gedicht schwarz und gold
Heilig sanft und kriegerisch

Und silbern singend der krumme lächelnde Mond.
Sie ist Ruth
Brennend Blut
Glühender Tiefen tiefe Macht
Uralter Fabel Spätgesang

Aus Sternendickicht gotterschauernd ewig Rufen.
Ihr Mund ist Gottes Flöte
Auf ihrer Stirn trägt sie die Runen seiner Hand
Im Schatten ihrer Palmenaugen blaut sein Tempel.

Alle Dinge wohnen nahe bei Gott
Nächtlich trunken und traurig
Und selig wie stürzender Stern sich verschwendend.

SIEGFRIED LENZ

DIE FISCHE

Schönes weiches
schlankes Silberspiel des Teiches.
Du hast meinen Sinn verführt.
Sonderbar, wie durch das Wasser
gelber, schwarzer und auch blasser
Marmor meinen Blick berührt.

Einmal möcht' ich nur so wohnen
stumme Fische! Und Millionen
weißer Wunder perlen atmen.
Hin und her im Licht der Kiesel,
ausgelassen auf dem Grunde,
ohne Nachricht, ohne Kunde,
lüstern im Gewand von Flitter.

Ach und schöne,
unvergleichlich helle Töne
würde ich im Flimmern sehn.
Purpurflossen würd' ich haben
und mich gut und reichlich laben
an der bunten Wirklichkeit.

Auch verschwiegene Akkorde
könnt' ich nachts aus bleichen Steinen
durch den Flossenhauch, den feinen,
zaubern; wie Gesang der Lyren.

Wie entlegen ist das Ufer!
Ja, ich bin ein Fabelrufer
mit verworrenem Geschick.
Wählt ihr einst zu einem Feste
unter kranken Menschen Gäste:
Fische, denkt an mich zurück.

GÜNTER GRASS

TREUHAND

In diesem Sommer ohne Erbarmen,
Sommer, der zuschlägt, fallen sie von den Wänden,
der Decke, vom Fensterglas fallen sie,
liegen rücklings und flügelstarr,
bedeuten alles und nichts.

Treuhand sammelt die toten Fliegen ein.
In zweiten Jahr der Einheit
liegt die Ausbeute anschaulich,
damit beim Zählen
kein Beinchen vergessen wird.

Hier warnt das Radio vor hohen Werten,
woanders ist Krieg,
anderswo werden Rekorde gebrochen.
Gleichmäßig und gerecht sät übers Land
Treuhand die toten Fliegen.

GÜNTER GRASS

KARA

Unser Hündchen ist tot.
Niemand hebt mehr den Kopf,
wenn ich, weil schlaflos,
nachts die Küche heimsuche.
Im Wald ist mir niemand
drei Schritte voraus
und zeigt an,
wo es sich lohnt, haltzumachen,
die einzelne Eiche, engstehende Buchen
mit Stift und Papier wahrzunehmen:
Stämme, Geäst.

Schneller als mein voreiliger Gedanke,
folgsamer, als ich es je sein könnte,
treuer, als selbst die Liebe es fordert,
war unser Hündchen.
Wenn ich den Stock weit
in die schlappen Wellen warf,
war ihm nie – mir schon –
die Ostsee zu kalt.
Leer ist der Korb,
doch immer noch schau ich mich um,
wenn ich – unschlüssig wohin – vors Haus trete.

GÜNTER GRASS

FRAGEN

Was tun?
    Mit der Zeitung – doch mit welcher? –
        das Gesicht schützen?

Oder den Leser bitten, das Buch aufzuschlagen,
    damit er mich finde, verloren in einer Zeit,
        die nicht enden will?

Jetzt übe ich Schritte
    auf abschüssigen Wegen,
        weiß nicht die Richtung.

Fragend blickt mich der Hund an.

GÜNTER GRASS

UNTERWEGS IM NOVEMBER

Tief steht die Sonne,
macht lange Schatten dem,
der – um Worte verlegen –
ins Tintenfass fiel.
Er, dem seit kurzem
immer wieder der Faden reißt,
zählt nur noch Fliegengebein.
Er, dessen Mund noch warm ist
von allerletzten Geschichten,
weiß kein Mittel mehr gegen Kälte,
die vom Fuß in den Kopf steigt.

Jetzt pfeift er den Hund herbei,
aber der kommt nicht.

GÜNTER KUNERT

LAIKA

In einer Kugel aus Metall,
Dem besten, das wir besitzen,
Fliegt Tag für Tag ein toter Hund
Um unsre Erde
Als Warnung,
Dass so einmal kreisen könnte
Jahr für Jahr um die Sonne,
Beladen mit einer toten Menschheit,
Der Planet Erde,
Der beste, den wir besitzen.

GÜNTER KUNERT

AM ANFANG

Am Anfang
war das Wort und das Wort
wiederholte sich und ward Fleisch
und Hirn und ward Rose und
Stiefelknecht und Abfangjäger
und Manifest und eine andere Bibel
und wurde zu Ziffern und Zahlen
und Lüge und Wahrheit
aus vielen Lügen gefiltert und
ein großes Vergessen des Anfangs.
Wie denn bloß
Hieß damals das Wort?

GÜNTER KUNERT

NORDSOMMER

Bis in die Nacht hinein
Helle: Man könnte
Zeitung lesen. Aber sogar
das Licht fragt: Wozu noch?
Mitten in einer gemäßigten
Landschaft
hingestreckt berglos
eindeutig Heimat
eher von Dörfern. Über
dem einen jetzt spät
unser Zentralgestirn
ganz unnatürlich angebracht
für Ansichtskartensammler:
Riesig rot.
Wenn einem doch bloß
Zeit bliebe
Für den langsameren Untergang

HANS-JÜRGEN HEISE

KIELER FÖRDE

Das Flugzeug
das über Düsternbrook
eine Möwe wurde

über Holtenau
wird es wieder
Flugzeug

ANNEMARIE ZORNACK

AUF DEM FAHRRAD

heute ist ein tag
da könnte man
in eine birke beißen

da möchte man
den blumen
die köpfe abreißen

da reißt man den mund auf
damit die sonne
nach innen scheint

(vor lauter glück)
vor lauter glück

SARAH KIRSCH

SONNTAG

Der Himmel wolkenbefahren an wenigen
Sonneninseln bleibe ich hängen ich höre
Den ganzen Tag Eric Clapton von meinen
Untertänigen Recordern so ist mir tröstlich
Trostlos zumute auf diesem verblichenen
Planeten ich könnte glatt einen
Trommelsalutschussrevolver vergeuden an mir

SARAH KIRSCH

CRUSOE

Es gibt ihn den
Charme hier der
Einsamkeit etwas
Wovon niemand mehr
Weiß der die Schreiberin
Aufs höchste ermutigt wenn die
Abnehmende Welt immer
Schneller versinkt deren
Verdienst es ist das
Grün zu verspotten.

Mein grün Gefängnis es schenkt
Außerordentlich Freude die
Füchsin fürchtet mich nicht
Vögel lachen wenn ich Crusoe
Meine eigenen Felder bestelle.
Oder die Eichen
Mit ihren Früchten mich wecken.

SARAH KIRSCH

BESÄNFTIGUNG

Aus seinen steinblauen Augen
Stürzen Schmetterlinge den lieben
Langen Sonntag den Gott werden lässt.
Seit ich ihn kenne halte ich Gott für
Nicht völlig undenkbar. Wenigstens keinen
Aus Gold- und Silberpapier
Noch springt meine Seele
Auf Fingerkuppen

SARAH KIRSCH

AUSSICHT

Der Mond ein
Däne nackt und
Rosa kommt er
Aus der Eider.

Ein Schwan der auf
Gold schwimmt.

*

Solch leichtes Land der Wind
Weht es in Sandsäulen fort

JOCHEN MISSFELDT

SONNENWENDE

Die Sonne hielten wir nicht fest
Am straffen Zügel
Sie war am Wendekreis des Krebses

Wir rieben viele Thermometer warm
Wir spannten schwarze Regenschirme auf
Und legten Früchte hin fürs nächste Jahr

Aus Verzweiflung taten wir
Lauter praktische Dinge

PETER LAUGESEN

NOLDE

Schwer langsam meint er
anderen zu begegnen.
Draußen vor dem Fenster graues
Wetter über der Marsch,
dräuend bis zur Explosion
in allen Farben. Feld
und Garten.
Endlich zündet es springt
aus allen Dingen heraus, allen
Wesen, alles Wesen
ist ursprünglich.
Konstant. Ursprung
ist das was geschieht
und wie ein Klotz am Strand
wie ein Stück Holz. Seine
plastische Sprache aus Kindheits-
Dialekten. Der
weite Raum aus Licht und Wind,
der spielende Regen über
flachem Strand und Gräben.
Kühe im Gras
auf der Wiese.
Heuschober. Hockney.

Nolde: Der expressionistische Maler Emil Hansen (1867–1956) nannte sich »Emil Nolde« nach seinem dem Geburtsdorf Nolde an der heutigen dänisch-deutschen Grenze. • Sprache aus Kindheits-Dialekten: Noldes autobiographische Schriften zeigen Spuren des Hoch- und Niederdeutschen, aber auch des dänischen Sønderjysk. • Hockney: der englische Maler David Hockney (1937).

DORIS RUNGE

DIE MÖNCHE VON C.

mit der dämmerung
schlüpften sie in die schatten
der bäume beugten ihre rücken
übers wasser sprachen ein
grünes gebet nahmen vom
wind hände gesang fiedelten
wer hatte ihre schriftgelehrtenseelen
aus dem pergament gerollt riefen
bruder mauer halte nicht fest
am stein schwester fleisch
wir sind gekommen dein grab
zu befreien dein herz sieh
er hat sein zelt aufgeschlagen
leuchtfeuer gezündet für die
verlorenen eingenäht in meine
tierhaut heulte ich den mond an
sah sie aufsteigen nebelkutten
über den klosterseewiesen

DORIS RUNGE

ABENDSEGLER

ich seh
die kleinen vampire
in den untergang
fliegen
seh sie jagen
in blutroter lache
im schlachtfeld
des himmels
seh ich den tag
mit geöffneten adern

DORIS RUNGE

WIE KINO

die bilder vom see
mit ablaufendem abend
was flügel hat fliegt
man könnte gedichte
schreiben
man könnte
dem lang einfallenden
schatten
seine liebe erklären
man tut es

HENNING AHRENS

KUHHOP

Krähenflur. Erlen
im Bruch die auf
Wurzeln gehen. Schief

tönt ein Ruf vom Kanal
wo der Fluss durch den Düker
strömt: *Kuhhop!* Und leicht

zieht die Hand einen Kreis
und verknüpft
Zeit mit Zeit. Das

unsichtbare Vieh käut wieder.

Kuhhop: Kuhfladen. • Düker: Unterführung eines Fließgewässers

DIRK VON PETERSDORFF

RAUCHERECKE

Ihr Langen, wo seid ihr? Ich hab
nicht mal mehr eure Nummern.
Gibt es denn Besseres als am Morgen
eine Schar,
eng zusammen,
frierend;
ich glaube, wir froren fast immer.
Damals sprach keiner zu viel,
sondern stand, den Rücken zur Welt,
in Mänteln aus Stoff,
ihr Dünnen.
Nur der verhangene Blick
sieht tief, kennt sein Schicksal,
das traurige Pochen
ferner Hügel,
sieht freudig erschreckt
sich am seligen Busen erwachen.
Wie ihr den Rauch
ausstoßen konntet,
ihr Edlen, ach,
alles war gut, als ich mit euch
sah sich röten den Tag, viertel vor acht.

DIRK VON PETERSDORFF

LÜBECK 1942

Manchmal, sagst du, für einen Moment
ist es da, es ist der Geruch, nur ein Hauch –
in den Gärten verbrennt
einer Müll, da ist Rauch

in der Luft: Aus Fenstern jagen
Flammen, du bist das Kind
vor den Mauern, zerschlagen.
Auf Steinen flackert der Wind.

DIRK VON PETERSDORFF

BRÜCKEN

Wenn ich im Juni, Kopenhagen, Helligkeit ausgepackt,
E-Scooter die Brücke hinauf,
vor mir ein mitziehender Zopf,
unten Hafenwasser übervoll flimmert –

stock ich, weil meine alte Mutter
jetzt ihre Brücke hinuntertappt
mit der sinnlos vollgestopften Handtasche,
Haare wie Algen, aufs dunkle Ufer zu –

und weil ich ein Kind bin, wünsch ich,
ein Schauer aller Lichtpunkte, lebenslang gesammelt,
möge wie hier übers Wasser
über ihren Rücken streichen,

führ sie nach oben.

ARNE RAUTENBERG

MUNDFAULER STAUB

oh jaja der mund wird so faul oh
jaja die mädchen so fleißig oh jaja
die mundharmonika spielt oh jaja das
mundstück wird feurig oh jaja welch ein
mündungsfeuer nein oh nein dieses
mündungsfeuer oh jaja die mundtoten
sind oh jaja die mundmumien sind
brrr ihr staub ihr mundfauler staub

ARNE RAUTENBERG

DRECK UND ARNE RAUTENBERG

ich möchte mich in aller form
für den dreck den ich gemacht habe
entschuldigen es tut mir leid
um die arbeiten die ich beim wirbeln
mit meinem staub beschmutzt habe
nach einem langen putztag

könnt ihr nun wieder das geländer im treppenhaus
anfassen das zu euren träumen führt
ohne dabei schmutzige hände
oder gedanken zu bekommen
die fensterbänke sind gewischt
die bibliothek ist gestaubsaugt
der himmel frisch poliert

der meiste dreck ist also weg
und dennoch finden sich überall spuren
wenn noch gesprächsbedarf ist
kann man mich jederzeit
auf das thema
dreck und arne rautenberg
ansprechen

ARNE RAUTENBERG

AM JANUARSTRAND

heut sah ich keine blüte keine frucht
heut ging ich am ausgeblichenen strand

der dauernde tiefstand des lichts
die sonne eisig im untergang

schweigend folgte ich den buhnen
verlor zeit und fluchtpunkt

halb intakt lag eine riesige robbe am spülsaum
das irre grinsen ihres skelettierten schädels

die spitzen zähne besah ich mir genau wächter
für ein euphorisch aufgerissenes totenmaul

lauter abdrücke von möwenfüßen drumherum
auch meine spur sah ich und kehrte um

JAN WAGNER

IM BRUNNEN

sechs, sieben meter freier fall
und ich war weiter weg
als je zuvor, ein kosmonaut
in seiner kapsel aus feldstein,
betrachtete aus der ferne
das kostbare, runde blau.

ich war das kind
im brunnen, nur die moose
kletterten am geflochtenen
strick ihrer selbst nach oben,
efeu stieg über efeuschultern
ins freie, entkam.

ab und zu der weiße blitz
eines vogels, ab und zu
der weiße vogel blitz. ich aß,
was langsamer war. der mond,
der sich über die öffnung schob,
ein forscherauge überm mikroskop.

gerade, als ich die wörter assel und stein
als assel und stein zu begreifen lernte,
drang lärm herab, ein hasten, schreie,
und vor mir begann ein seil.

ich kehrte zurück ins läuten der glocken,
zurück zu brotgeruch und busfahrplänen,
dem schatten unter bäumen,
gesprächen übers wetter, kehrte
zurück zu taufen und tragödien,
den schlagzeilen, von denen
ich eine war.

JAN WAGNER

STREICHHOLZ

I

eins klappert noch
in der schachtel, gehütet
wie ein erster zahn.

II

dann angerissen
im dichtesten dunkel: ah!
hier bin ich. war ich.

JAN WAGNER

QUALLE

gefräßiges auge,
einfachste unter den einfachen –
nur ein prozent trennt sie von allem,
was sie umgibt.

stoße dich weiter vor
ins unbekannte: ein brennglas, geschliffen
von strömungen und wellen: eine lupe,
die den atlantik vergrößert.

HEINRICH DETERING

WRIST

Wenn irgendwo die Schrift erscheint
Hic habitant leones
dann ist vermutlich Wrist gemeint
Ich weiß es Ich bewohn es

Ich lebe hier im Zwischenreich
aus Himmeln und aus Mooren
Die Welt ist mir inzwischen gleich
Der Welt ging ich verloren

Hier werd ich sein wenn nichts mehr ist
nicht Löwe Land noch Karte
Die Ewigkeit sieht aus wie Wrist
Ich habe Zeit Ich warte

AUTOREN, AUTORINNEN UND QUELLEN

Angesichts des knappen Umfangs wird von einer zweisprachigen Wiedergabe übersetzter Gedichte abgesehen. Veraltete Schreibweisen sind behutsam modernisiert. Worterklärungen beschränken sich auf das zum Verständnis unmittelbar Notwendige.

WERNER HANS FREDERIK ABRAHAMSON

* Schleswig 1744 † Kopenhagen 1812

einer der zu seiner Zeit führenden Intellektuellen im Königreich Dänemark, wuchs mit deutscher Muttersprache auf und lernte erst als Junge Dänisch. Ausgebildet an der »Landkadettenakademie« in Kopenhagen, wo er später selbst Sprache und Literatur unterrichtete, wurde er erster Bibliothekar der Königlichen Garnisonsbibliothek. Er wurde zum scharfen Fürsprecher der dänischen Landbevölkerung gegen die vorherrschende deutsche Sprache und Bildungskultur.

Norma morum, efter Tidernes Leijlighed, aus: *Den danske Lyrik*, Bd. 1. Hg. von F. J. Billeskov Jansen (Kopenhagen, 1985^3); aus dem Dänischen von Heinrich Detering

HENNING AHRENS

* Peine 1964

wurde in Kiel mit einer Studie über den walisischen Dichter John Cowper Powys promoviert; dort entstanden auch seine ersten lyrischen Veröffentlichungen.

Kuhhop aus: *Lieblied was kommt*, Stuttgart 1998, DVA © Henning Ahrens

HANS CHRISTIAN ANDERSEN
* Odense 1805 † Kopenhagen 1875

in ärmsten Verhältnissen aufgewachsen, wurde als Romancier und Reiseschriftsteller, dann als Märchendichter berühmt. Weniger bekannt sind seine Gedichte. Die schleswigsche Westküste hat er in seinem Roman *Die beiden Baroninnen* für die dänische Literatur entdeckt; Schloss Breitenburg gehörte zu den Herrenhäusern, die er regelmäßig besuchte. Den Ausbruch der Schleswigschen Kriege erlebte er als »einen Konflikt, der mich bis in die Fingerspitzen schmerzt«.

† Grev Conrad Rantzau af Breitenburg, Stanzer for Musik, Vignetter for danske Digtere aus: H.C. Andersen, *Samlede Værker: Digte*, Bd. 1 und 2, Kopenhagen 2005; aus dem Dänischen von Heinrich Detering

ANNA (D. I. ANNA CHRISTIANE LAUTERUP LUDVIGSEN)
* Apenrade/Åbenrå 1794 † Tingleff/Tinglev 1884

die ihren Lebensunterhalt als Bäuerin in Nordschlewsig/Sønderjylland verdiente, wurde bekannt mit zwei in Flensburg erschienenen, von Adam Oehlenschläger geförderten, Gedichtsammlungen *Hedeblomster fra Anna* (*Heideblumen*, 1840) und *Markblomster fra Anna* (*Feldblumen*, 1852). Nach der preußischen Annexion Schleswig-Holsteins zog sie nach Tinglev.

Mit Svale-Par aus: *Markblomster af Anna. Anden Del*, Flensburg 1852; aus dem Dänischen von Heinrich Detering

ANDERS ARREBO

* Ærøskøbing auf Ærø 1587 † Vordingborg 1637

wurde als junger Mann unter König Christian IV. zum Bischof von Trondheim ernannt, wegen seines Lebenswandels allerdings wieder abgesetzt. Von 1622 bis zu seinem Tod Pastor auf Seeland, gilt er als ein Hauptvertreter der skandinavischen Renaissance- und Barockdichtung. Seine Hauptwerke sind gereimte Nachdichtungen der Psalmen und eine freie Übertragung des französischen *Hexaëmeron* von Guillaume Du Bartas, eines epischen Schöpfungslobs.

Jorden aus: Anders Arrebo, *Samlede Skrifter*, Bd. 1, Kopenhagen 1965; aus dem Dänischen von Heinrich Detering

JENS BAGGESEN

* Korsør 1764 † Hamburg 1826

schrieb auf Dänisch und Deutsch. Ausgedehnte Reisen führten den aus armen Verhältnissen stammenden kosmopolitischen Schriftsteller mehrfach nach Deutschland, Frankreich und der Schweiz. Sein Hauptwerk *Labyrinthen / Das Labyrinth* (1793/95) schildert seine Reise ins revolutionäre Paris. 1811 bis 1814 war er der erste Dozent für dänische Sprache und Literatur an der Universität Kiel. Auf dem Eichhoffriedhof in Kiel liegt er begraben.

Idealia aus: *Jens Baggesens danske Værker*, Bd. 2, hg. von August Baggesen Kopenhagen 1845², aus dem Dänischen von Heinrich Detering; *Serenade* aus *Gewählte Gedichte. Familien-Bibliothek der deutschen Classiker, Bd. 94: Gedichte aus Baggesen und Oehlenschläger.* Hildburghausen / Amsterdam 1844

EMMY BALL-HENNINGS

* Flensburg 1885 † Sorengo bei Lugano 1948

war Schauspielerin, Kabarettistin, Sängerin und Schriftstellerin, stand berühmten Autoren der Bohème nahe (u. a Herwarth Walden, Erich Mühsam, Johannes R. Becher, Jakob von Hoddis), konvertierte 1911 zum Katholizismus, heiratete 1920 den Dadaisten Hugo Ball und lebte mit ihm in der Schweiz. Von ihrer Kindheit und Jugend in Flensburg erzählt das Erinnerungsbuch *Blume und Flamme* (1938).

Fremde Zärtlichkeit aus: Emmy Hennings, *Helle Nacht*, Berlin 1922

HERMAN BANG

* Asserballe auf Alsen 1857 † Ogden/USA 1912

war mit seinen Erzählungen und Romanen ein weltweit gefeierter Meister des literarischen Impressionismus und der *décadence*. Aufgewachsen auf Alsen, schildert er die Schrecken des Krieges und die Sehnsucht nach Verständigung in Romanen wie *Tine* (1889) und *De uden Fædreland / Die Vaterlandslosen*, 1905).

Fædreland aus: Herman Bang, *Værker i Mindeudgave*, Bd. 6, Kopenhagen, 1912; aus dem Dänischen von Heinrich Detering

JOACHIM BECCAU

* Guttau bei Grömitz 1690 † Neumünster 1754

studierte in Kiel, war Hauslehrer u. a. in Gettorf und Flensburg und wurde 1720 Rektor der Pfarrschule, dann Pastor in Neumünster. Seine spätbarocken Gedichte, Schauspiele und Libretti beherrschen geistliche wie weltliche Register und hoch- wie die niederdeutsche Ausdrucksformen.

In Krieges-Zeiten aus: Joachim Beccau, *Zuläßige Verkürtzung* müßiger Stunden/Bestehend in allerhand Geistlichen Gedichten […], Hamburg 1719

BENDE BENDSEN

* Risum 1787 † Ærøskøbing 1875

war Privatgelehrter, Magnetiseur, Übersetzer auf der schleswigschen Insel Æerø. Mit seinen in der Mooringer Variante des Friesischen verfassten Gedichten wurde er ein Pionier der friesischen Poesie.

Üüs *Driimerai* aus: Peter Nicolaisen (Hg.), *Stimmenvielfalt*, Kiel 2012; aus dem Friesischen von Antje Arfsten und Heinrich Detering

RICHARD BLUNCK

* Neumünster 1895 † ebd. 1962

verfasste Biographien (u. a. über Hugo Junkers), Essays und Gedichte. Mit den letzteren gehörte er zum von Malern und Schriftstellern initiierten »Kieler Impuls des Expressionismus«.

Else Lasker-Schüler aus: *Kunstwende. Der Kieler Impuls des Expressionismus 1915–1922*, hg. von Knut Nievers u. a. Neumünster 1993 (zuerst 1921 in der Hamburger Zeitschrift *Kündung*), © R. Blunck Erben

HEINRICH CHRISTIAN BOIE

* Meldorf 1744 † ebd. 1806

war als Publizist, Herausgeber und Autor satirisch-zeitkritischer Verse ein engagierter Freund und Förderer der aufgeklärten Literatur. Als Bewunderer Klopstocks war er mit Johann Heinrich Voß Mitbegründer des Göttinger Hainbunds und Herausgeber des *Göttinger Musenalmanachs*. Nach Reisen als Hofmeister kehrte er 1781 als Landvogt nach Süderdithmarschen zurück, wo er die einflussreiche aufklärerische Monatsschrift *Deutsches Museum* herausgab.

Der sterbende Landjunker / Verschiedener Stolz aus: Karl Weinhold (Hg.), *Heinrich Christian Boie. Beitrag zur Geschichte der deutschen Literatur im 18. Jahrhundert*, Halle 1868

ANDERS BORDING

* Ribe 1619 † Kopenhagen 1677

wurde nach seiner Ausbildung an der Domschule in Ribe ebd. als Dichter und Journalist zum ersten dänischen Autor, der allein von seinem Schreiben lebte. Sein *Danske Mercurius* war die erste Zeitung in Dänemark und den Herzogtümern, seine witzigen und lebensfrohen Gedichte wirkten weit über die Barockzeit hinaus.

De osculo aus *Licht überm Land. Dänische Lyrik vom Mittelalter bis heute*, hg. von Peter Urban-Halle und Henrik Vangsgaard, München 2020; aus dem Dänischen von Heinrich Detering

HANS ADOLPH BRORSON

* Randerup 1694 † Ribe 1764

war nach dem Theologiestudium in Kopenhagen viele Jahre gemeinsam mit dem aus Hamburg stammenden Hauptpastor Johann Hermann Schrader Pfarrer in Tondern / Tønder und wurde 1741 Bischof in Ribe. Er schuf kongeniale Übertragungen lutherischer Kirchenlieder und geistlicher Barocklyrik; seine eigenen Lieder sind im Dänischen noch immer lebendig.

Op, al den Ting som Gud har gjort, aus Hans Adolph Brorson, *Samlede Skrifter*, Bd. 1, hg. von L. J. Koch, Kopenhagen 1951; aus dem Dänischen von Heinrich Detering

MATTHIAS CLAUDIUS

* Reinfeld 1740 † Hamburg 1815

war Journalist, Dichter und berühmt als Herausgeber des *Wandsbecker Boten* (1770–75) und in seiner literarisch subtilen Volkstümlichkeit einer der eigenwilligsten deutschsprachigen Lyriker seiner Zeit.

Als der Hund tot war, *Abendlied* und *Kriegslied* aus: Matthias Claudius, *Werke*, hg. von Urban Roedl, Stuttgart, 1965

HEINRICH DETERING
* Neumünster 1959

Literaturwissenschaftler und Lyriker in Kiel und Göttingen.
Wrist aus: Heinrich Detering, *Wrist. Gedichte,* © Wallstein Verlag, Göttingen 2009

PAUL FLEMING
* Hartenstein in Sachsen 1609 † Hamburg 1640

war in lateinischer wie in deutscher Sprache einer der bedeutendsten Dichter der Barockzeit. Er begleitete Adam Olearius 1633–1639 auf der im Gottorfischen Auftrag unternommenen Reise durch das Baltikum und Russland nach Persien und fand dort die ungewöhnlichsten poetischen Sujets der Epoche – Erinnerung an eine der kulturell glanzvollsten und weltoffensten Zeiten der schleswig-holsteinischen Geschichte.
Er redet die Stadt Moskau an, als er ihre vergüldeten Türme von ferne sah aus *Paul Flemings deutsche Gedichte, Bd. 1.* Darmstadt 1965

HEINRICH WILHELM VON GERSTENBERG
* Tondern/Tønder 1737 † Altona 1823

errang mit der Gedichtsammlung *Tändeleyen* (1759) frühen Ruhm. Seine *Kriegslieder eines Königlich Dänischen Grenadiers*, das altnordische Mythologie eigenwillig aufnehmende *Gedicht eines Skalden* und das poetologische Gedicht *Iduna* entstanden während seiner Zeit als Beamter in Kopenhagen 1765–1775; seine Schleswigschen *Briefe über Merkwürdigkeiten der Litteratur* (1776–67/1770) und sein Drama *Ugolino* (1768) machten ihn zu einem Hauptvertreter des Sturm und Drang. Von 1775 bis 1783 dänischer Resident in Lübeck, verbrachte er seine letzte Lebenszeit in Altona.
Das schlafende Mädchen aus *Tändeleyen* (1759), Nachdruck Stuttgart 1966; Götterdämmerung *(aus Gedicht eines Skalden)* aus *Heinrich Wilhelm von Gerstenberg: Briefe über Merkwürdigkeiten der Litteratur*, Stuttgart 1890

GÜNTER GRASS

* Danzig/Gdańsk 1927 † Lübeck 2015

lebte von 1972 bis 1987 in Wewelsfleth, dann bis zu seinem Tod in Behlendorf und Lübeck. Weltberühmt geworden durch seine Romane, schrieb er lebenslang auch Gedichte (»Am meisten liegt mir die Lyrik«), die er oft auch mit Graphiken und Aquarellen begleitete.
Treuhand, Kara, Fragen, Unterwegs im November aus: Günter Grass, *Werke. Neue Gottinger Ausgabe*, hg. von Dieter Stolz und Werner Frizen, Bd. 1 und 2: *Gedichte und Kurzprosa*, Göttingen 2020, Steidl Verlag
© Günter und Ute Grass Stiftung

KLAUS GROTH

* Heide 1819 † Kiel 1899

Begründer der neueren niederdeutschen Lyrik, wuchs im niederdeutsch geprägten Dithmarschen auf und lernte Hochdeutsch erst in der Schule. Der von 1852 bis zu seinem Tod in immer neuen, erweiterten Auflagen weitergedichtete Band *Quickborn* ist poetische Enzyklopädie, Atlas und soziologisches wie ökologisches Panorama eines dithmarsischen Mikrokosmos.
Min Jehann, Aanten int Water, Min Modersprak aus: Klaus Groth, *Quickborn*, neu hg. von Ulf Bichel. Heide 1998

MARTIN N. HANSEN

* Feldsted auf Alsen 1894 † Odense 1976

war als Dialektdichter und Übersetzer (u.a. der Grimm'schen Märchen und Wilhelm Buschs) bekannt. Ausgebildet als Handwerker und literarischer Autodidakt, wurde er Bibliothekar in Odense. Er schrieb vorwiegend in der alsischen Variante des Sønderjysk.
Længsel aus: *Sønderjydske Digte på Folkesproget*, hg. von Marius Kristensen und Carl S. Petersen, Kopenhagen, 1920; aus dem Dänischen von Heinrich Detering

CARSTEN HAUCH

* Frederikshald / Norwegen 1790 † Rom 1872

gehört zu den bedeutenden dänischen Dichtern seiner Zeit. Nach langjährigem Studienaufenthalt in Italien wurde er 1827 Dozent an der Ritterakademie Sorø, 1846 dann als letzter namhafter Dichter in der Nachfolge Baggesens und Heibergs Professor für skandinavische Sprache und Literatur in Kiel.

En Erindring aus: *Udvalgte Skrifter*, Bd. 3, hg. von Poul Schjærff, Kopenhagen, 1929; aus dem Dänischen von Heinrich Detering

FRIEDRICH HEBBEL

* Wesselburen 1813 † Wien 1863

wuchs in ärmlichen Verhältnissen auf und schrieb schon als Jugendlicher Gedichte und Novellen, als gefeierter, aber auch umstrittener Hausautor am Wiener Burgtheater wurde er der wichtigste deutsche Dramatiker nach Schillers und Büchners Tod – und ein Lyriker eigenen Ranges.

Sommerbild, Herbstbild, Meeresleuchten, Auf das Tier aus *Sämtliche Werke. Historisch-kritische Ausgabe*, Bd. 6, hg. von Richard Maria Werner, Berlin 1902

JOHAN LUDVIG HEIBERG

* Kopenhagen 1791 † Schloss Bonderup bei Ringsted 1860

war der in seiner Zeit tonangebende Dramatiker, Literatur- und Theaterkritiker in Kopenhagen. Seine Laufbahn begann in der Nachfolge Baggesens an der Universität Kiel, wo er von 1822 bis 1825 unterrichtete, die Philosophie Hegels entdeckte und mit der Arbeit an seiner *Nordischen Mythologie* begann (1827).

Liden Kirsten aus: *Den danske Lyrik*, Bd. 2, hg. von F. J. Billeskov Jensen, Kopenhagen, 1985[3]; aus dem Dänischen von Heinrich Detering

HANS-JÜRGEN HEISE

* Bublitz/Bobolice, Pommern 1930 † Kiel 2013

erlebte das Kriegsende in Berlin und übersiedelte 1958 nach Kiel, wo er bis 1993 als Bibliothekar und Archivlektor am Institut für Weltwirtschaft arbeitete. Seit 1961 mit der Lyrikerin Annemarie Zornack verheiratet, hat Heise ein umfangreiches lyrisches Werk, poetologische Essays und Übersetzungen spanischsprachiger Poesie veröffentlicht.

Kieler Förde aus: Hans-Jürgen Heise, *Letzter Aufruf für Mr. H. Gesammelte Gedichte und Prosagedichte 1948–2012*. Weilerswist 2012. © Ralf Liebe Verlag

ANNA OVENA HOYERS

* Koldenbüttel/Eiderstedt 1584 † Stockholm 1655

lebte zunächst auf dem Hof Hoyerswort bei Tönning, danach im Tönninger Schloss. Nach dem Tod ihres Ehemanns zog die Mutter von sieben (oder neun) Kindern, als religiöse Sektiererin von den kirchlichen Behörden verfolgt, nach Husum; sie starb verarmt im schwedischen Exil. Noch zu ihren Lebzeiten erschien in Amsterdam ihre Sammlung *Geistliche und weltliche Poemata.*

Auff, auff Zion, Weinet nicht aus: Anna Ovena Hoyers, *Geistliche und weltliche Poemata* (Amsterdam 1650), Nachdruck hg. von Barbara Becker-Cantarino, Tübingen 1986

SARAH KIRSCH

* Limlingerode/Südharz 1935 † Heide 2013

begann ihre literarische Laufbahn in der DDR. 1977 übersiedelte sie nach Westberlin, 1983 nach Tielenhemme in Dithmarschen. Mit ihren Gedichten und ihrer Kurzprosa wurde sie eine der wichtigsten deutschen Lyrikerinnen des 20. Jahrhunderts.

Sonntag, Crusoe, Besänftigung, Aussicht aus: Sarah Kirsch, *Sämtliche Gedichte*, © 2005, Deutsche Verlags-Anstalt, München, in der Penguin Random House Verlagsgruppe GmbH

FRIEDRICH GOTTLIEB KLOPSTOCK
* Quedlinburg 1724 † Ottensen 1803

galt seinen Zeitgenossen als Erneuerer und größter Dichter der deutschen Sprache. Gefördert durch den dänischen König Friedrich V., lebte er von 1751 bis 1770 als Mittelpunkt des »deutschen Kreises« überwiegend in Kopenhagen, dann im holsteinisch-dänischen Altona, oft auf Reisen zu bürgerlichen wie adligen Bewunderern, die seine kritische Solidarität mit dem revolutionären Frankreich begrüßten, darunter auch die Reventlows in Emkendorf und die Holcks auf Gut Eckhof bei Kiel.
Sie, und nicht wir, Mein Wäldchen, Die frühen Gräber aus: Friedrich Gottlieb Klopstock, *Ausgewählte Werke*, hg. von Karl August Schleiden, München 1962

GÜNTER KUNERT
* Berlin 1929 † Kaisborstel bei Itzehoe 2019

übersiedelte 1979 wie Sarah Kirsch aus der DDR in die Bundesrepublik und lebte wie sie zurückgezogen in der Provinz. Sein reiches Werk umfasst Gedichte, Essays, Erzählungen und Kinderbücher.
Laika, aus: G.K., *Erinnerung an einen Planeten.* München: Hanser 1963; *Am Anfang*, aus: G.K., *Zu Gast im Labyrinth.* München: Hanser 2019, *Nordsommer*, aus: G.K., *So und nicht anders.* München: Hanser 2002

PETER LAUGESEN
* Kopenhagen 1942

lebt in Aarhus. Er gehörte zum Umkreis der Künstlergruppe Cobra um Jørgen Nash und Asgern Jorn und wurde in den 1960er Jahren zu einem der Wortführer der dänischen *Beat Poetry*, oft in Verbindung mit Jazzmusik. Sein 2020 erschienener Band *Vadehavet* widmet sich ganz dem Wattenmeer, einem Hauptthema seiner Landschaftsdichtung.
Nolde aus Peter Laugesen: *Vadehave. Digte*, Kopenhagen 2020; aus dem Dänischen von Heinrich Detering. © Gyldendal

WILHELM LEHMANN

* Puerto Cabello/Venezuela 1882 † Eckernförde 1968

gehörte als Romanautor, Essayist und vor allem als Lyriker mit seinem Freund Oskar Loerke zu den Begründern einer neuen »naturmagischen« Dichtung in der deutschsprachigen Moderne.

Wergeland, Der Dank, Auf sommerlichem Friedhof, Letzte Tage aus: Wilhelm Lehmann, *Gesammelte Werke in acht Bänden. Hrsg. von Agathe Weigel-Lehmann u. a. Band 1: Sämtliche Gedichte. Hrsg. von Hans Dieter Schäfer © 1982 Klett-Cotta – J. G. Cotta'sche Buchhandlung Nachfolger GmbH, Stuttgart*

SIEGFRIED LENZ

* Lyck/Ełk in Masuren † Hamburg 2014

gehört als Verfasser von Romanen, Erzählungen und Essays zu den bekanntesten deutschen Autoren der Nachkriegszeit; seine Gedichte sind noch zu entdecken.

Die Fische aus Siegfried Lenz: *Florian, der Karpfen. Ein Märchen und seine Geschichte*, hg. von Maren Ermisch, Hamburg 2021. © Hoffmann und Campe

DETLEV VON LILIENCRON

* als Friedrich Adolf Axel Freiherr von Liliencron Kiel 1844
† Rahlstedt 1909

Offizier, Artist und Abenteurer, war mit seinen zwischen Naturalismus und Impressionismus changierenden Erzählungen und Gedichten eine Gründergestalt der Moderne, »eine der stärksten lyrischen Naturen, die je in deutscher Sprache zu ihrem Volke geredet haben« (Karl Kraus).

Antwort aus: Detlev von Liliencron, *Gesammelte Werke, Bd. 3: Gedichte.* Berlin/Leipzig 1923. *Four in Hand, In einer großen Stadt, Raben, Hinüber* aus: Detlev von Liliencron, *Ausgewählte Werke*, hg. von Walter Hettche, Neumünster, 2009

HANSIGNE LORENZEN

* Ballum in Nordschleswig/Sønderjylland 1870 † ebd. 1952

verheiratet mit einem wegen seiner dänischen Gesinnung von Preußen entlassenen Lehrer, schrieb neben erzählender Prosa Gedichte unter anderen über die dänischen Toten, die im Ersten Weltkrieg zur deutschen Armee eingezogen und gefallen waren.

Sytten År aus: Hansigne Lorenzen, *Tider og Steder*, Kopenhagen 1927; aus dem Dänischen von Heinrich Detering

JOCHEN MISSFELDT

* Satrup 1941

schrieb neben seinen oft aus eigener Flieger-Erfahrung gespeisten, vielgerühmten Romanen von Beginn seiner literarischen Laufbahn an auch lakonisch-präzise Gedichte.

Sonnenwende aus Jochen Missfeldt, *Mein Meeresgrund. Gedichte.* Ebenhausen 2010. © Langewiesche-Brandt/C. H. Beck

JENS EMIL MUNGARD

* Keitum/Sylt 1885 † KZ Sachsenhausen 1940

aus friesischer, das Sylter »Sölring« sprechenden Familie, erhielt wegen offener Kritik am NS-Regime 1938 Schreibverbot und wurde kurz darauf ins KZ Sachsenhausen in Oranienburg deportiert.

Schutzhaftperspektive aus Peter Nicolaisen (Hg.), *Stimmenvielfalt*, Kiel 2012; aus dem Friesischen von Antje Arfsten und Heinrich Detering

CHRISTIAN ADOLF OVERBECK

* Lübeck 1755 † ebd. 1821

stand als Student in Göttingen dem »Hainbund« nahe und war mit Gerstenberg befreundet. Im Göttinger *Musenalmanach auf das Jahr 1776* erschien sein *Mailied*, dem weitere Dichtungen folgten. In Lübeck wurde er Senator und schließlich Bürgermeister.

An den Mai aus: Christian Adolf Overbeck, *Sammmlung vermischter Gedichte*, Lübeck/Leipzig 1794

DIRK VON PETERSDORFF

* Kiel 1966

lebt als Literaturwissenschaftler, Essayist und Dichter in Jena. Orte und Landschaften Schleswig-Holsteins und Dänemarks gehören zu den wiederkehrenden Schauplätzen seiner Gedichte.

Raucherecke aus: Dirk von Petersdorff, *Die Teufel in Arezzo. Gedichte*, © Dirk von Petersdorff, 2004; *Lübeck 1942* aus: ders., *Bekenntnisse und Postkarten*, © Dirk von Petersdorff, 1999; *Brücken* aus: ders., *Unsere Spiele enden nicht. Gedichte*, München 2021. © C.H.Beck

KNUD LYNE RAHBEK

* Kopenhagen 1760 † ebd. 1830

war nach seinem Studium in Kiel (die ihn später zum Ehrendoktor ernannte) neben seiner Ehefrau Kamma Gastgeber im literarischen »Bakkehus« in Kopenhagen und als geistreicher Kritiker ebenso geschätzt wie als satirischer Dichter.

Drankerromance aus: *Den danske Lyrik*, Bd. 1, hg. von F. J. Billeskov Jansen, Kopenhagen 1985[3]; aus dem Dänischen von Heinrich Detering

ARNE RAUTENBERG

* Kiel 1967

arbeitet als Bildkünstler und Buchgestalter, Dichter für kindliche wie für erwachsene Leser in Kiel.

mundfauler staub aus: Arne Rautenberg, *mundfauler staub. Gedichte.* Leipzig/Berlin 2012. *dreck und arne rautenberg* aus: ders., *seltene erden*, Berlin 2014. *am januarstrand* aus ders., *permafrost. Gedichte.* Heidelberg 2019. © Edition Voss im Horlemann Verlag, 2012, 2014, Wunderhorn 2019

FRANZISKA ZU REVENTLOW

* Husum 1871 † Locarno 1918

Tochter des Landrats Graf Ludwig zu Reventlow und seiner Ehefrau Emilie, geborener Gräfin Rantzau, aufgewachsen in Husum und Lübeck, gehörte als rebellische *femme fatale* zur Münchner Moderne. In ihren autobiographischen Romanen kehrt sie zuweilen in ihre Herkunftswelt zurück; ihre frühe Bewunderung für Storm zeigt sich in ihren Gedichten.

Der Herbstwind wirbelt die Blätter aus: Franziska zu Reventlow, *Werke, Bd. 6: Verstreutes. Erzählungen, Gedichte, Novellen, Aufsätze,* mit einem Nachwort von Baal Müller, Hamburg 2013

JOHANN RIST

* Ottensen 1607 † Wedel 1667

war seit 1635 Pastor in Wedel, als »Daphnis aus Cimbrien« Rist Mitglied der literarischen »Pegnitzschäfer« und der »Fruchtbringenden Gesellschaft«. Seine geistlichen Lieder fanden weite Verbreitung, einige seiner anakreontischen Gedichte – darunter das erste hier aufgenommene – waren in eingängiger Vertonung so etwas wie Schlager der Barockzeit.

Daphnis bekümmerte Liebes=Gedancken aus: Johann Rist, *Des Daphnis aus Cimbrien Galathee*, Hamburg 1642; *Hirtenlied* aus: ders., *Dichtungen*, Leipzig 1885

DORIS RUNGE

* Carlow/Mecklenburg 1943

lebt seit 1975 im »Weißen Haus« des Klosters Cismar. Ihr literarisches Werk ist ganz der Lyrik gewidmet.

die mönche von c., abendsegler, aus: Doris Runge, *zwischen tür und engel. Gesammelte Gedichte,* © 2013, Deutsche Verlags-Anstalt, München, in der Penguin Random House Verlagsgruppe GmbH; *wie kino* aus: *von liebe viel. Gedichte,* Hg. von Jörn van Hall und mit einem Nachwort von Heinrich Detering © Wallstein Verlag, Göttingen 2023

ADOLF SCHACK VON STAFFELDT

* Gartz auf Rügen 1769 † Schleswig 1826

ging als pommerscher Aristokrat auf die Landkadettenakademie in Kopenhagen (wo er u.a. bei W. H. F. Abrahamson studierte) und wurde dänischer Hofbeamter im Kieler Schloss, dann in Cismar, Gottorf und Schleswig. Seine in deutscher, zumeist in dänischer Sprache verfasste melancholische Lyrik, deren wichtigster zweiter Band in Kiel erschien, wurde zur – allerdings erst mit Verspätung anerkannten – Begründung der dänischen Romantik.

An eine entfernte Geliebte aus: aus: Adolf Schack von Staffeldt, *Samlede Digte,* Bd. 2, hg. von Henrik Blicher, Kopenhagen, 2001; *Sehnsucht der Natur, Die Blumen* aus: ebd., aus dem Dänischen von Heinrich Detering

FRIEDRICH LEOPOLD GRAF ZU STOLBERG

* Bramstedt 1750 † Gut Sondermühlen bei Osnabrück 1819

Bruder des Dichters Christian Stolberg und literarischer Jugendfreund Goethes und Voß', gehörte als Verehrer und Nachfolger Klopstocks zu den maßgeblichen Dichtern der Empfindsamkeit und des Sturm und Drang.

Die Trümmer, An die Weende bei Göttingen aus: *Deutsche Nationalliteratur, Bd. 50, 2: Göttinger Dichterbund, 3. Teil,* hg. von August Sauer, Band 50, 2, Stuttgart [o.J.]

THEODOR STORM

* Husum 1817 † Hademarschen 1888

gehörte als Lyriker nicht nur nach Thomas Manns Ansicht zu »den drei, vier Besten, die nach Goethe kommen«. Trotz seines im Protest gegen die dänische Monarchie begründeten zehnjährigen Exils im ungeliebten Preußen bleibt er als Novellist und Lyriker einer der bedeutendsten deutschen Schriftsteller seiner Zeit.

In die Heimat, Abends, Frauen-Ritornello, Hyazinthen, Meeresstrand, Geh nicht hinein, Die Stadt aus: Theodor Storm, *Sämtliche Werke in vier Bänden*, hg. von Karl Ernst Laage und Dieter Lohmeier; Bd. 1: *Gedichte, Novellen 1848–1867*, Frankfurt/M. 1987

JOHANNE CHARLOTTE UNZER

* Halle 1725 † Altona 1782

aus selbstbewusst bildungsbürgerlicher Familie in Halle, wurde mit ihren vielgelesenen *Scherzgedichten* zu einer der energischsten und witzigsten Feministinnen des Aufklärungszeitalters.

Mittel zum Vergnügen, Vorschläge zur Kinderzucht aus: Johanne Charlotte Unzer, *Versuch in Scherzgedichten. Zweyte, veränderte und vermehrte Auflage.* Halle 1753

HELENE VOIGT-DIEDERICHS

* Gut Marienhof/Schwansen 1875 † Jena 1961

zeitweise mit dem einflussreichen Verleger Eugen Diederichs verheiratet, wurde mit ihren Gedichten und autobiographischen Romanen zu einer der meistgelesenen Dichterinnen ihrer Zeit.

In der Bibliothek aus: Helene Voigt-Diederichs, *Unterstrom. Gedichte*, Leipzig 1901

JOHANN HEINRICH VOSS

* Sommersdorf/Mecklenburg 1751 † Heidelberg 1826

zwanzig Jahre lang Rektor der Gelehrtenschule in Eutin, gehört mit seinen kongenialen Übersetzungen der Epen Homers, Vergils und anderer weltliterarischen Werke zu den buchstäblich tonangebenden Autoren der Goethezeit. Seine in den Anfängen im Göttinger *Hainbund* entstandenen Gedichte verbinden idyllische und sozialkritisch-politische Sujets.

Die Kartoffelernte aus: Johann Heinrich Voß, *Ausgewählte Werke*, hg. von Adrian Hummel, Göttingen 1996; *Der Maiabend* aus: *Sämtliche Gedichte von Johann Heinrich Voß, Bd. 3: Oden und Elegien.* Königsberg 1802

JAN WAGNER

* Ahrensburg 1971

lebt in Berlin und der Uckermark. Mit seinen formvollendeten und spielfreudigen Gedichten wurde er einer der bekanntesten und am höchsten ausgezeichneten deutschen Lyriker der Gegenwart.

im brunnen aus: Jan Wagner, *Regentonnenvariationen*, Berlin 2014, © Hanser Berlin 2014; *streichholz* aus: ders., *Steine und Erden. Gedichte*, Berlin 2023, © Hanser Berlin 2023; *qualle* aus: *Selbstporträt mit Bienenschwarm* © Hanser Berlin 2016

ANNEMARIE ZORNACK

* Aschersleben 1932 † Kiel 2023

seit 1953 in Kiel und seit 1961 mit Hans-Jürgen Heise verheiratet, mit dem sie eng zusammenarbeitete, widmete sich in ihrem Lebenswerk ausschließlich der Poesie.

auf dem fahrrad aus: Annemarie Zornack, *dich meine ich. Gedichte*, Göttingen 2004, © Wallstein 2004

ÜBER DEN HERAUSGEBER

Heinrich Detering, geboren in Neumünster 1959, lebt als Literaturwissenschaftler und Lyriker in Göttingen. Von 1995 bis 2005 lehrte er an der Universität Kiel, deren Wissenschaftspreis er 2007 erhielt. 2009 wurde er mit dem Leibnizpreis der Deutschen Forschungsgemeinschaft ausgezeichnet, 2023 in den Orden Pour le mérite aufgenommen. Er veröffentlichte literaturwissenschaftliche Studien und Editionen u.a. zu Thomas Mann und Hans Christian Andersen, Anthologien schleswig-holsteinischer Literatur und Gedichtbände, darunter *Wrist* (2009), *Wundertiere* (2015) und *An der Nachtwand* (2023).

IMPRESSUM

© 2024 Wachholtz Verlag, Hamburg

Das Werk, einschließlich aller seiner Teile, ist urheberrechtlich geschützt. Jede Verwertung ist ohne Zustimmung des Verlages unzulässig. Das gilt insbesondere für Vervielfältigungen, Übersetzungen, Mikroverfilmungen und die Einspeicherung und Verarbeitung in elektronischen Systemen.

Gesamtherstellung: Wachholtz Verlag
Gestaltung: Annalena Weber – Buchdesign, Hamburg
Druck: CPI books GmbH, Leck
Printed in Germany

ISBN 978-3-529-08702-8

Besuchen Sie uns im Internet:
www.wachholtz-verlag.de